KB115100

침략자 장편소설

FUSION FANTASTIC STORY

작가

정규현

작가 정규현 2

침략자 장편소설

초판 1쇄 찍은 날 § 2018년 5월 24일
초판 1쇄 펴낸 날 § 2018년 5월 31일

지은이 § 침략자
펴낸이 § 서경석

편집책임 § 김슬기

펴낸곳 § 도서출판 청어람
등록번호 § 제387-1999-000006호
등록일자 § 1999. 5. 31
어람번호 § 제1-2908호

주소 § 경기도 부천시 부일로 483번길 40 서경B/D 3F (우) 14640
전화 § 032-656-4452 팩스 § 032-656-4453
http://www.chungeoram.com
E-mail § chungeorambook@daum.net

ISBN 979-11-04-91748-6 04810
ISBN 979-11-04-91746-2 (세트)

침략자 장편소설

FUSION FANTASTIC STORY

작가 ②
정규현

도서출판

청어람

작가
정규현

Contents

8장

작가 사무실 |

"제가 티미예요."

현지가 자신의 정체를 밝혔다. 메시지를 살짝 엿보는 것으로 그 사실을 미리 알고 있었지만 직접 그녀의 입으로 들으니 큰 충격으로 다가왔다. 하지만 중요한 것은 그게 아니었다.

"그동안 왜 숨긴 거야?"

"죄송해요. 몇 번이나 말하려고 했지만 부끄러워서."

"설명하기 곤란한 것 같으니, 그냥 넘어갈게. 더 중요한 이야기가 있으니까."

다행히 규현은 캐묻지 않았다. 그는 그냥 넘어가기로 했다. 궁금하긴 했지만 꼭 알고 싶을 정도는 아니었다. 그보다 더 중요한 이야기가 남아 있었다.

"말해보세요."

현지는 규현에게 말해볼 것을 권했지만 그는 쉽게 입을 열지 못했다. 현지가 티미라는 게 밝혀진 시점에서 힘들게 정리해 둔 시나리오는 모두 물거품이 되었기 때문이다. 한참 동안 복잡한 머릿속을 정리한 뒤 규현이 입을 열었다.

"네가 정말 티미 작가라면 본론을 바로 이야기하는 게 좋을 것 같다고 생각하니까 본론부터 이야기할게. 나는 작가 사무실을 차릴 생각이야."

규현이 세운 계획의 첫 단계. 그것은 작가 사무실을 차리는 것이다. 여러 명의 작가들이 모여 서로의 원고를 봐주고 수정을 도와주며 평가해 주는 게 바로 작가 사무실이었다. 보통 마음이 맞는 작가들이 모여서 작은 공간을 임대해서 차리는 경우가 많았다.

"작가 사무실이요?"

"그래."

현지의 물음에 규현은 고개를 끄덕였다. 작가 사무실을 차려서 실험해 보고 싶은 것도 여러 가지 있었다. 마음 같아서는 당장 매니지먼트를 차리고 싶었지만, 확보된 작가도 없었고 자본금도 조금 부족했다. 우선은 작가 사무실을 차려서 실력 있는 작가들을 끌어모을 생각이었다.

"작가 사무실 이야기를 하는 거 보니까, 저를 회원으로 넣고 싶다는 거 같은데⋯ 맞죠?"

규현은 고개를 끄덕였다. 현지가 다시 입을 열었다.

"저는 공과 사는 확실히 구별해요. 지금 제가 작가 사무실에 들어가서 얻을 수 있는 건 없어 보이네요. 이게 하실 이야기의 끝이라면 저는 그만 일어나 볼게요."

말을 마치며 현지는 의자에서 일어나려 했다. 갑작스러운 캐릭터의 변화에 규현은 적응하기 힘들었다.

"제국 방어기 같은 소설, 또 쓰고 싶지 않아?"

규현의 말에 현지의 움직임이 멈췄다. 제국 방어기는 A급 작품 중에서도 상위에 속하는 작품. A급의 작가 스탯을 가지고 있는 현지는 그와 같은 작품을 다시 쓰기 힘들 것이다. 작가 스탯과 동일한 작품을 쓰는 것은 힘들고 드문 일이었다.

규현은 제국 방어기를 넘어서는 작품을 쓰고 싶지 않냐고 묻지 않았다. 그녀의 작가 스탯을 잘 알고 있기 때문에 그저, 그것과 같은 작품을 또 쓰고 싶지 않냐고 물은 것이다.

"제국 방어기와 같은 작품을 또 쓸 수 있게 해준다는 거예요?"

현지가 다시 의자에 앉았다. 글을 쓰면서 그녀도 자신의 한계를 대충 짐작하고 있었다. 그리고 제국 방어기와 같은 작품을 다시 쓰기 힘들다는 것도 제국 방어기를 쓰면서 뼈저리게 느꼈다.

"한계를 뛰어넘게 해줄 수는 없지만, 한계까지 실력을 끌어올려 줄 수는 있지."

"오빠가 단기간에 성장한 것과 관련이 있는 거죠?"

현지의 눈동자가 빛났다. 규현은 대답 대신 조용히 고개를 끄덕였다.

"들어가겠어요, 작가 사무실."

결정은 속전속결이었다. 문학 왕국 베스트 부동의 1위를 자랑하는 송현지, 티미의 합류가 결정되었다. 규현은 미소를 지으며 손을 내밀었다.

"잘 부탁해."

"네, 오빠."

규현이 내민 손을 현지는 수줍게 맞잡았다. 그 모습에 규현은 혀를 내둘렀다. 정말로 종잡을 수 없는 성격을 가진 그녀였다.

그날, 현지를 끌어들인 규현은 사무실을 임대하기 위해 사무실 임대 전문 사이트를 검색했다. 한참을 검색한 끝에 신사역 근처에 괜찮은 사무실을 임대한다는 게시글을 발견할 수 있었다. 28평에 역에서 가깝고 주변 상권도 발달된 곳에 위치한 사무실이었다. 규현은 해당 사이트 담당자에게 전화를 걸어 방문 의사를 밝혔다.

―방문이요? 물론 가능합니다. 언제쯤 시간이 되시나요?

규현은 시간표를 확인했다. 마침 내일이 공강이었다.

"내일 시간 되십니까?"

―예. 마침 내일은 1시에서 3시 사이를 제외하면 일정이 없습니다.

"그럼 3시에 뵙죠."

―예. 장소는 메시지로 보내 드리겠습니다.

규현이 약속 시간을 정하고 전화를 끊자 담당자는 만날 장소를 메시지로 보내주었다. 약속 장소는 둘러보기로 한 사무실 근처의 작은 카페였다. 과거에 몇 번 신사동을 다니면서 본 적이 있는 카페였고 담당자가 친절하게 약도까지 보내준 덕분에 찾는 것은 어렵지 않을 것 같았다.

다음 날, 규현은 오후에 외출할 것을 대비해 오전에는 집중해서 글만 썼다. 그리고는 간단하게 점심을 해결한 뒤, 그는 2시를 조금 넘긴 시간에 주차장으로 향했다.

주차된 7시리즈에 시동이 켜졌고, 빠르게 그곳을 벗어났다. 이윽고, 신사역에 도착한 규현은 차를 주차한 뒤 약도를 참고해서 카페를 찾아냈다.

"아메리카노로 할까? 아이스티로 할까?"

먼저 카페에 들어온 규현은 짧은 고민 끝에 아이스티를 선택했다. 주문한 아이스티가 나오고 규현이 그것을 들고 테이블로 이동했을 때, 정장 차림에 낯설지 않은 얼굴의 남자가 카페로 다급하게 뛰어 들어오는 모습을 볼 수 있었다. 담당자였다. 사무실 임대 전문 사이트에 나와 있는 프로필 사진 그대로의 모습이었다.

규현은 조용히 손을 들어 올렸다. 주변을 둘러보던 담당자는 손을 들고 있는 규현을 보고 본능적으로 고객이라는 것을 느끼고 거리를 좁혔다.

"늦어서 죄송합니다."

"괜찮아요."

담당자는 살짝 고개를 숙였다. 시간은 그는 평소 10분 전에 미리 도착해서 고객을 기다리는 성격이었지만 규현이 스케줄을 타이트하게 잡는 바람에 평소에 비해 조금 늦은 것이다.

"그럼 바로 이동하실까요?"

"네. 그렇게 하죠."

서로 짧게 소개를 끝내자 담당자는 자리를 옮길 것을 권했다. 빨리 사무실의 모습을 보고 싶었기 때문에 규현은 흔쾌히 고개를 끄덕이며 동의했다. 남은 아이스티를 모두 마시고 의자에서 일어난 규현은 담당자를 따라 카페를 나왔다.

"역에서 5분 거리죠. 조금만 더 가면 됩니다."

발걸음을 재촉하던 담당자가 멈춰 섰다. 그의 앞엔 금진 빌딩이라고 적힌 6층 규모의 빌딩이 위치해 있었다.

"여기 2층입니다."

담당자는 그렇게 말하며 빌딩 안으로 들어갔다. 담당자와 규현은 승강기를 통해 2층으로 올라갔다. 몇 개의 사무실이 붙어 있었는데, 그중 201호라고 적혀 있는 사무실 앞으로 이동한 그는 비밀번호를 입력했다. 비밀번호를 입력하자 문이 열렸고 사막처럼 휑한 사무실이 모습을 드러냈다.

"28평이에요."

담당자가 설명했다. 28평이었지만 있는 게 거의 없어서 그런지 더 넓어 보였다. 규현은 사무실 안을 거닐며 사무실을 살폈다. 그러면서 책상과 테이블을 배치하는 상상을 했다. 한참을 구경한 끝에, 규현이 입을 열었다.

"마음에 드네요."

규현의 말에 담당자의 표정이 밝아졌다.

"바로 입주하시겠습니까? 지금 비어 있기 때문에 원하시는 날짜를 잡으시면 바로 입주 가능 하십니다."

"하지만 너무 성급하게 판단할 문제는 아닌 것 같네요. 조금만 더 생각해 보고 다시 연락드릴게요."

규현은 그 말을 끝으로 담당자와 헤어졌다. 집으로 돌아
온 그는 다른 사무실 임대 전문 사이트에 들어가 다른 사무
실 정보도 검색해 보았고, 직접 찾아가 보기도 했지만 처음
의 신사동 사무실이 가장 조건도 좋고 마음에 들었다. 결국
규현은 다시 그 담당자를 만났고, 임대 계약서를 작성했다.

보증금은 4,000만 원에 월세는 240만 원이었다. 결코 저렴
하다고는 할 수 없었지만 규현이 지불하지 못할 정도는 아니
었다. 모든 절차를 밟고 설비를 갖추는 데 일주일이 걸렸다.
그리고 어느새 4월 중순이 되었다.

4월 중순이 되자 문학 왕국은 많은 변화를 맞이했다. 현지
의 제국 방어기 완결을 이어서 매그라의 던전 왕국도 완결이
된 것이었다. 그리고 칠흑팔검 작가의 신작 칠흑마검기가 10위
권에 진입했다. 한편 작가 사무실을 차린 규현이 본격적으로
움직이기 시작했다.

"오빠!"

카페의 구석진 자리에서 새로 구입한 노트북을 테이블에
놓고 커피를 마시고 있는 규현을 발견한 현지가 반가운 얼굴
로 손을 흔들며 거리를 좁혔다. 그녀는 규현의 앞에 앉아 커
피를 테이블 위에 올려놓았다.

"오늘은 일찍 왔네?"

"네, 주변에서 담당 편집자를 만났거든요."

규현의 물음에 그녀는 환하게 웃으며 대답했다. 그런 그녀의 모습이 규현은 쉽게 적응이 되지 않았다. 어제만 해도 소설 커뮤니티에서 제국 방어기의 완결에 대해 지적하는 독자들의 공격을 홀로 물리치는 엄청난 모습을 보여주었기 때문이었다.

"뭐 하고 계세요?"

노트북에서 눈을 떼지 않는 규현의 모습에 현지는 의자에서 일어나 규현의 옆자리로 이동했다. 그리고 노트북 화면을 주시했다. 규현은 다른 작가의 서재를 출입하고 있었다.

"문학 왕국이네요? 오빠, 원래 다른 작가들 글은 잘 안 읽으시잖아요."

현지는 과거, 규현이 유명해지기 전에 소설 커뮤니티에서 그가 한 말을 기억하고 있었다. 그때 분명 규현은 다른 작가들의 글을 잘 읽지 않는다고 했었다. 그렇게 말한 규현이 다른 작가들의 글을 확인하고 있으니, 현지는 의아할 수밖에 없었다. 규현은 커피를 한 모금 마신 뒤, 입을 열었다.

"깨달은 게 있어서 말이지."

"그래요?"

"그래."

현지는 규현의 옆에 붙어서 노트북 화면에서 눈을 떼지 않았다. 그리고 그 결과 규현이 프롤로그만 읽고 더 이상 읽지 않고 있다는 사실을 발견할 수 있었다.

"프롤로그만 읽어요?"

"작가 사무실에 들어올 작가를 뽑고 있어서 말이야. 아무나 받기엔 조금 그래서."

규현은 최소 C급 이상, 되도록 B급 이상의 스탯을 보유한 작가를 받을 생각이었다.

"그럼 프롤로그 말고 본편도 읽는 게 좋지 않을까요?"

"프롤로그만 보면 견적이 나와."

현지의 물음에 규현은 대충 변명했다. 스탯이 보인다고 하면 미친놈 취급을 받기 딱 좋았다. 아니, 어쩌면 국가 기관에 잡혀가 지하실에서 끔찍한 생체 실험을 당할 수도 있을 것이다.

"그건 그렇고 신작은 잘 되어가니?"

"네. 일단 오빠 말대로 프롤로그를 한 편 써봤어요."

"노트북 가져왔지?"

규현의 물음에 현지는 고개를 끄덕이며 노트북을 꺼냈다.

현지는 노트북을 켜서 규현에게 자신이 쓴 글을 보여주었다. 제목은 제국 공격기로 제국 방어기의 후속작이었다. 서부 군주 연합의 공격을 성공적으로 막아낸 제국이 군대를 집결시켜 서부 군주 연합을 공격한다는 내용이었다.

죽은 줄 알았던 주인공 루드가 돌아와 제국의 대장군이 되어 공격에 적극 참여한다는 것을 선언하는 것에서 프롤로그가 끝났다.

제국 공격기를 읽어보니 제국 방어기의 에필로그가 떠오르는 규현이었다. 에필로그에서 주인공 루드의 죽음을 확실하게 묘사하지 않고, 서부 군주 연합에 보복도 하지 않은 채 끝낸 것에서부터 현지가 후속작을 염두에 두고 있었다는 것을 예상할 수 있었다.

"어때요?"

현지가 눈을 반짝이며 물었다. 당연하지만 규현은 쉽게 대답할 수 없었다. 여러 책을 읽고 공부하면서 다른 사람의 글을 평가할 정도는 되지만, 그것만으로는 현지가 쓴 제국 공격기의 확실한 미래를 볼 수 없었다. 확실한 미래를 보기 위해선 비밀글이라도 문학 왕국에 등록할 필요가 있었다.

"일단 문학 왕국에 비밀글로 올려봐."

"네."

9장

작가 사무실II

　현지는 순순히 문학 왕국에 비밀글로 제국 공격기를 올렸다. 규현은 현지의 노트북 앞에 앉아 마우스를 움직여 비밀글 설정이 된 제국 공격기 위에 커서를 가져갔다.

[제국 공격기]
분류: 판타지.
종합 등급: B.
30일 뒤 예상 구매 수: 약 10,000.

[티미]

종합 등급: A.

대충 예상했던 스탯이었다. 처음 봤을 때 제국 공격기는 재밌기는 했지만 전작 제국 방어기에 비해서 흡입력이 부족했다.

제국 공격기는 B급에 예상 구매 수는 10,000으로 지금까지 확인한 B급 중에선 상위권에 속하는 예상 구매 수였지만 제국 방어기라는 A급 상위권에 속하는 작품을 썼던 현지는 만족하지 않을 것이다.

"너도 알고 있지?"

현지를 보며 규현이 질문했다. 아마 그녀도 쓰면서 느꼈을 것이다. 제국 공격기는 제국 방어기에 한참 못 미치는 작품이라는 것을.

"네. 제국 방어기에 비하면 부족하긴 하죠. 하지만 구매 수 8,000 이상은 나올 것 같은데요?"

현지의 대답에 규현은 깜짝 놀랐다. 그녀가 예상한 구매 수는 규현이 능력으로 확인한 예상 구매 수와 거의 비슷했다.

"그래서 만족하는 거야?"

"아니요. 구매 수 8,000이상이면 순위권에 들 수 있겠지만 부족해요."

현지는 어두운 표정으로 솔직하게 말했다. 첫 작품인 제국 방어기가 성공한 만큼 차기작에 대한 무거운 부담감이 그녀를 압박하고 있는 것 같았다.

차기작에 대한 부담감은 모든 작가가 느낀다. 전 작품이 좋지 않은 성적을 거둔 작가들은 좀 더 좋은 성적을 거둬야 한다는 부담감을 느끼는 경우가 대부분이었고 전 작품이 좋은 성적을 거둔 작가들도 전 작품처럼 차기작을 성공시켜야 한다는 부담감에 시달린다.

"이제 오빠가 나설 차례겠죠?"

현지가 밝아진 목소리로 말했다. 나는 대답 대신 현지의 프롤로그를 한 차례 더 살폈다. 교내 단편 소설 공모전 최우수 수상에, 문학 왕국 부동의 1위, 그리고 완결을 했음에도 불구하고 여전히 북페이지 3위를 지키고 있는 그녀답게 문장 같은 것은 상당히 훌륭했다. 고칠 필요가 느껴지지 않았다.

필력도 잠재력을 거의 다 꺼낸 A급 스탯의 작가답게 좋은 편이었다. 프롤로그를 읽는 규현의 눈이 반짝였다. 필력과 문장의 문제가 아니면 스토리의 문제다. 프롤로그를 한 번 더 읽어본 그는 그중에서도 개연성에 집중했다.

"현지야, 죽은 줄 알았던 루드가 살아 돌아오는 부분, 조금 이상하지 않아? 개연성이 떨어진다고 생각하는데, 돌아온 이유도 불확실하고, 제국 방어기와는 달리 확실한 목적의식이 없어 보여."

주인공의 목적의식 결여. 급하게 쓴 작품이나, 경험이 많지 않은 작가의 작품에서 흔히 볼 수 있는 광경이었다. 물론 그렇다고 해서 숙련된 작가들이 실수하지 않는 부분은 아니었다. '천재'라는 말이 어울리는 현지도 실수할 수 있는 부분이었다.

"급하게 쓴다고 미처 생각하지 못한 것 같아요."

"그런 변명은 독자들이 들어주지 않겠지?"

"그렇겠죠?"

현지는 변명했으나, 규현의 일침에 이내 배시시 웃으며 볼을 긁적였다. 그녀는 다시 노트북 앞자리를 차지하며 입을 열었다.

"바로 고칠게요."

규현은 고개를 끄덕이며, 현지가 프롤로그를 다시 완성할 때까지 기사 이야기를 쓰고 있었다. 이윽고 프롤로그를 다시 완성한 현지가 규현을 보며 입을 열었다.

"오빠."

"비밀글로 올렸어?"

규현의 물음에 현지는 대답 대신 고개를 끄덕이며 옆으로 자리를 비켰다. 규현은 다시 현지의 노트북 앞으로 이동해서 프롤로그를 클릭했다.

"개연성은 아직 많이 고치지 못했지만 서부 군주 연합이 그의 여동생을 죽이는 것으로 복수라는 이유와 목적을 확실하게 부여했어요."

현지가 설명했다. 그녀의 말대로 제국 방어기에서 멀쩡하게 살아 있던 루드의 여동생이 제국 공격기 프롤로그에서 아주 잔인하게 찢기고 말았다.

"여동생이라… 편리한 캐릭터지만 조금 우려가 되는군."

규현은 혼잣말을 중얼거렸다. 여동생은 정말 편리한 캐릭터였다. 주인공에게 목적 및 동기부여도 해주고, 경우에 따라선 복수해야 할 이유가 되기도 했다. 그리고 무엇보다 문학 왕국 독자들은 여동생을 좋아했다. 그래서 규현은 루드의 여동생을 죽인 것이 걱정되었다.

"뭘 우려하는지 알 것 같은데, 어쩔 수 없었어요. 납치로 가고 싶었지만 그렇게 하면 루드가 대장군이 된 게 설명되지 않거든요. 차라리 혼자 구하러 가지, 전쟁의 선봉에 서면 어차피 죽지 않을까요?"

"그것도 맞는 말이긴 해."

현지의 말도 맞았다. 납치로 가면 개연성이 조금 떨어질 이유가 있었다. 제국 공격기의 스토리를 자세히는 모르지만 그녀가 말하는 것으로 보아, 루드가 대장군이 되는 것은 스토리 전개상 꼭 필요한 것 같았다.

'일단 예상 구매 수를 확인해 볼까.'

스탯이 변하는 경우는 아주 드물다. 사실상 없다고 봐도 좋을 정도. 주로 변하는 것은 예상 구매 수였다.

[제국 공격기]
분류: 판타지.
종합 등급: B.
30월 뒤 예상 24시간 구매 수: 약 11,000.

[티미]
종합 등급: A.

규현은 두 눈을 가늘게 뜨고 스탯을 면밀히 살폈다. 목적의식이 결여된 주인공을 뜯어고치고 설정을 조금 추가하는 것으로 분명 구매 수는 늘었지만, 여동생을 죽인 탓인지 예상 구매 수가 많이 상승하진 않았다.

"어때요? 괜찮죠?"

스탯은 규현의 눈에만 보인다. 예상 구매 수를 모르는 현지는 기대감 어린 시선을 규현에게 보냈다.

"오늘은 이 정도로 하자. 나도 가서 글을 써야 하니까."

"네……."

규현의 말에 현지는 고개를 살짝 숙이며 힘없는 목소리로 대답했다. 그녀에겐 미안했지만 A급 작품 중에서도 상위권인 제국 방어기를 따라잡을 작품을 만든다는 것은 쉬운 일이 아니었다. 게다가 규현에게 있어서도 이건 새로운 도전이었다. 하루 이틀 만에 되는 게 아니었다.

두 사람은 노트북을 각자의 가방에 집어넣으며 자리에서 일어섰다.

집에 돌아온 규현은 현지가 쓴 제국 공격기 프롤로그 내용을 그대로 옮겨 적어보았다. 내용은 똑같고 다른 점은 문장이었지만 결정된 작품의 스탯은 놀랍게도 B급이 아닌 C급이었다. 이것으로 문장과 필력이 얼마나 중요한 것인지 증명된 셈이다.

'확실히 내 필력은 능력이 생기기 전보다 좋아졌다. 필력의 상승도 능력에 포함되는 것 같은데, 이 초자연적인 힘을 빌려도 내 필력은 아직 현지를 뛰어넘지 못한 건가?'

규현은 비밀글로 올린 제국 공격기 프롤로그를 하며 고민에 빠졌다. 그의 필력은 분명 능력이 생기기 전보다 좋아졌다. 만약 필력이 좋아지지 않았다면 독자들이 좋아하는 전개와 소재를 썼다고는 하지만 문학 왕국 베스트에 들어가지 못했을 것이다.

'어쩌면 내가 허세를 부렸는지도 모르겠네.'

티미라는 가면을 쓴 현지를 확보하기 위해 너무 터무니없는 제안을 했을지도 모른다고 규현은 생각하며 조용히 한숨을 내쉬었다.

*　　　　　*　　　　　*

규현은 작가 모임 만년필에 참석하기 위해 차에서 내려 자주 모이는 카페로 향했다. 카페에 들어가니 익숙한 얼굴들을 볼 수 있었다. 매그라와 칠흑팔검, 그리고 dre였다. 규현이 손을 들어 올려 인사를 하자 그들도 손을 살짝 드는 것으로 규현의 인사에 답했다. 규현은 아이스티를 주문했고, 그들과 간단한 인사를 나누다가 진동벨이 울리자 아이스티를 들고 왔다.

"매그라 작가님, 라이트 노벨 출간 축하드립니다."

규현이 의자에 앉기 무섭게 dre가 매그라를 보며 말했다. 매그라의 소설 던전 왕국은 얼마 전에 완결됐는데, 그의 완결과 함께 라이트 노벨 출간이 결정되었다. 규현은 파란책 단체 채팅방에서 매그라가 자랑하는 것을 본 적이 있었다.

"하하하! 감사합니다! 감사합니다!"

매그라는 아주 밝게 웃었다. 그의 웃음소리가 카페를 울릴 정도였다. 예상치 못한 격한 반응에 dre는 라이트 노벨 출간 이야기를 꺼낸 것을 후회하는 듯했다. 매그라는 한참 동안이나 라이트 노벨 출간에 대해 이야기했다.

과거, 판타지 소설 작가를 꿈꾸기 전부터 라이트 노벨에 대해 로망을 가지고 있던 그에게 있어서 라이트 노벨 출간은 꿈을 이룬 것이었기 때문에 그는 많이 들떠 있었다. 하지만 영원히 끝나지 않을 것만 같았던 이야기도 곧 끝이 났고 화제가 전환되었다.

"그러고 보니 요즘 작가 작업실이나 작가 사무실이라고 하는 걸 차리는 작가님들이 늘어났다고 하더군요."

"그게 뭐예요?"

칠흑팔검이 작가 사무실에 대해 이야기를 꺼냈다. 얌전히 듣고 있던 dre가 호기심 어린 시선을 보내며 질문했다. 매그라에 끝나지 않을 것만 같았던 이야기를 듣고 있느라 고통받으며 정신을 놓고 있던 규현도 작가 사무실에 대한 이야기가 나오자 눈이 반짝였다.

"작가 작업실이나, 작가 사무실이나 사실상 똑같다고 볼 수 있습니다. 작가들이 모여서 서로의 원고를 봐주고 스토리 전개에 대한 회의도 하고 그럽니다."

"흐음."

"관심 있으세요?"

칠흑팔검의 설명에 dre가 호기심을 보였다. 규현은 놓치지 않고 끼어들었다. dre 작가의 작가 스탯은 A였다. 그리고 현지와는 다르게 잠재력을 모두 끌어내지 못한 작가였다. 규현은 그의 잠재력을 끌어내 줄 자신이 있었다.

"수호자 작가님이 갑자기 너무 적극적이신데요? 마치 작가 사무실이라도 차리신 것처럼."

매그라의 말에 규현은 대답 대신 입가에 미소를 그렸다.

"작가 사무실 차린 거예요?"

dre가 물었고 규현은 고개를 끄덕이며 입을 열었다.

"네. 신사동에 차렸습니다. 들어오시겠어요? 회비 싸게 해 드릴게요."

"아뇨. 저는 판타지 제국에서 교정 같은 거 잘 봐주고 있으니까 괜찮을 것 같아요."

규현은 dre가 관심을 보여서 합류할 것이라 생각했지만 유감스럽게도 그는 합류를 정중하게 거절했다. dre는 판타지 제국의 작가였다. 집단에 대한 소속감이 강한 그는 판타지 제국에서 조기 완결을 내고 파란책과 계약한 규현에 대해 좋지 않게 보고 있을 수도 있었다.

"수호자 작가님."

dre의 거절로 조금 아쉬운 기색을 보이는 규현을 보며 칠흑팔검이 진지한 얼굴로 그의 필명을 불렀다.

"네, 칠흑팔검 작가님. 말씀하세요."

"실례가 되지 않는다면 현재 작가 사무실에 몇 명이 모였는 지 알 수 있을까요?"

"1명입니다."

비록 한 명이었지만, 그 한 명이 티미였다. 그래서 규현은 조금의 망설임도 없이 당당하게 대답했다. 규현의 대답을 들은 칠흑팔검은 조금 실망한 표정이었지만 곧 표정을 바꾸며 입을 열었다.

"그럼 그 한 명이 누구인지 알 수 있을까요?"

칠흑팔검이 질문했다. 그의 신작은 전작에 비해 성적이 부진했다. 매니지먼트의 피드백으로는 만족할 수 없었던 그는 괜찮은 작가들이 모인 작가 사무실을 찾고 있었다.

"티미 작가입니다."

"그 자존심 높은 티미가?"

규현의 말에 가장 먼저 반응한 사람은 칠흑팔검이 아니라 실실 웃고 있던 매그라였다. 현지를 실제로 만나봐서 그런지 충격이 큰 모양이었다. 사실 현지의 성격은 그렇게 좋지 않았다. 친한 사람들에게만 조금 사근사근한 편이었지 인터넷을 통해 알게 된 사람들을 상대로는 본래 성격이 나오는 편이었다.

"흠."

규현과 매그라가 잠시 현지에 대해 이야기를 나누는 사이, 칠흑팔검은 고민했다. 규현과 현지는 설명할 필요가 없는 떠오르는 신성이었다. 그들과 함께라면 길을 찾을 수 있을지도 몰랐다.

"수호자 작가님!"

"네?"

매그라와 이야기를 나누고 있던 규현은 깜짝 놀라 칠흑팔검을 보았다. 안경을 통해 보이는 그의 눈동자가 사뭇 진지했다.

"저를 작가 사무실 멤버로 받아주세요."

현지와 규현이라는 거대한 흐름에 몸을 던지기로 결심한 것이었다.

"저야 환영입니다, 작가님."

규현은 입가에 미소를 그렸다. 칠흑팔검까지 멤버로 합류한다면 인기 작가가 규현을 포함해 3명이 된다. 문학 왕국 부동의 1위였던 현지와 현재 문학 왕국 1위인 규현, 그리고 지금은 잠시 성적이 저조하지만 2위를 계속 유지했었던 칠흑팔검까지! 멤버들만 봐도 화려했다.

사무실의 간판이 될 인기 작가들은 충분히 확보했다. 이제 규현은 높은 스탯을 가진 무명의 작가들을 발굴할 생각이었다. 멤버 명단을 건네면 아마도 대부분이 멤버가 되는 것을 희망할 것이라고 규현은 믿어 의심치 않았다.

"언제부터 활동을 시작하나요?"

"아마 이번 주 토요일부터 시작할 것 같습니다."

칠흑팔검의 물음에 규현이 대답했다. 일단 본격적인 활동은 2일에서 3일 후인 토요일부터 시작할 예정이었다. 사무실과 물품들은 준비가 끝난 상태였다. 가서 글을 쓰기만 하면 되는 상황이었다.

10장

모여드는 작가들 I

　5월이 되자 규현과 칠흑팔검, 그리고 현지는 작가 사무실에 출근하기 시작했다. 여느 때처럼 수업이 끝나고 작가 사무실에 출근한 규현은 파란책에서 한 통의 전화를 받게 되었다.

　―작가님, 우선 북페이지 9위 축하드립니다.

　스마트폰을 통해 창석의 목소리가 들려온다. 모든 것이 순조롭게 흘러가고 있었다. 기사 이야기는 북페이지에서 9위를 유지하고 있었고 작가 사무실도 아직 칠흑팔검과 현지밖에 없었지만 별일 없이 잘 돌아가고 있었다. 규현은 기사 이야기와 그 남자의 할리우드 이야기를 연재하느라 바빴지만 학업도 무리 없이 소화하고 있었다.

"감사합니다. 파란책에서 여러모로 신경 써주신 덕분에 가능했습니다."

—하하하. 작가님의 작품이 재미있으니까 성공한 겁니다. 아참, 그리고 작가님. 나이버에서 연락이 왔습니다.

"나이버요?"

나이버는 한국에서 제일 인기 있는 포털 사이트였다. 그런 나이버에서 출판사나 매니지먼트에 따로 '먼저' 연락을 하는 경우는 드물었다.

"혹시 웹툰화인가요?"

웹툰화는 작품의 인기가 많아졌을 때 생각할 수 있는 경우 중 하나였다.

—네, 작가님. 나이버 웹툰에 기사 이야기를 독점으로 올리고 싶다고 합니다.

창석이 긍정했다. 보는 사람만 보는 문학 왕국과 다르게 나이버 웹툰은 대한민국의 국민 대부분이 본다고 해도 과언이 아니었다. 작품이 웹툰화된다면 기사 이야기와 규현의 인지도 향상에 큰 영향을 미칠 것이 분명했다.

—작가님, 하실 거죠?

창석이 조금 걱정스러운 목소리로 질문했다. 원작자인 규현의 참여가 필요한 작업이었기 때문에 그가 싫다고 하면 파란책은 일을 추진하기 상당히 힘들어지기 때문이다.

"흐음."

규현은 고민했다. 나이버 웹툰에 기사 이야기 웹툰이 올라가면 분명 긍정적인 효과를 많이 받겠지만 지금 규현은 학업을 소화하면서 작품 2개를 연재하느라 조금 바빴다. 웹툰 스토리 작가는 콘티도 써줘야 한다고 들었는데, 콘티까지 작성해 줄 시간은 없을 것 같았다.

"웹툰화되면 콘티를 제가 다 작성해서 보내야 하죠?"

─작가님께서 무엇을 우려하시는 것인지 알 것 같습니다만, 꼭 그러실 필요는 없습니다.

혹시나 싶어서 묻자 창석은 그럴 필요가 없다고 대답했다.

"설명 좀 부탁드려도 될까요?"

─콘티 작성을 다른 스토리 작가에게 맡기시면 됩니다. 물론 감수는 작가님이 하셔야겠지만요. 다만, 이 경우엔 수익의 상당량을 포기하셔야 합니다.

"그럼 하겠습니다."

규현은 웹툰화 제의를 받아들이기로 했다. 그가 고민했던 가장 큰 이유는 콘티를 작성하는 데 할애할 시간이 부족할 것이라고 생각해서였다. 그런데 콘티를 작성해서 건넬 필요가 없고 감수만 해도 된다면 하는 게 좋았다.

—그럼 나이버 웹툰에 작가님의 뜻을 전하도록 하겠습니다. 아마 조만간에 그림 작가와 스토리 작가가 정해질 것 같습니다. 그때 다시 연락드리겠습니다.

"감사합니다."

전화 통화가 끝났다. 규현과 조금 떨어진 곳에 앉아 있던 현지가 호기심 어린 눈빛을 보내며 입을 열었다.

"웹툰으로 만든대요?"

조용히 글을 쓰고 있던 칠흑팔검도 바쁘게 움직이던 손가락을 멈추고 규현을 향해 시선을 옮겼다. 그도 아마 통화 내용을 들었을 것이다. 그는 말은 하지 않았지만 상당히 궁금한 표정이었다. 어차피 숨길 일도 아니었기 때문에 규현은 설명을 위해 입을 열었다.

"네. 나이버에서 연락이 왔다고 하네요."

"축하드립니다, 수호자 작가님. 이 기쁜 소식을 즉시 단체 채팅방에 올려야겠군요."

"자, 잠깐."

규현이 말릴 틈도 없이 칠흑팔검은 스마트폰을 들어 올렸다. 스마트폰 알림음이 울리는 것을 보니 이미 메시지를 입력한 것 같았다.

칠흑팔검: 기사 이야기 웹툰화된다네요! 축하! 축하!

매그라: 저는 라이트 노벨로 만들어지는데, 아무튼 축하드려요.

김중부: 축하합니다.

마침 파란책 단체 채팅방을 눈팅하고 있던 매그라와 김중부의 채팅이 올라왔다. 그들의 축하에 규현은 입가에 미소를 머금은 채 메시지로 감사 인사를 전했다. 그리고 고개를 들었다.

"다들 글 쓰셔야죠. 제가 커피라도 사 오겠습니다."

규현은 들뜬 기분을 진정시킬 겸 커피를 사 올 것을 자처했다. 마침 사무실 근처에 카페가 있었다. 그는 자신이 마실 아이스티와 아메리카노 2잔을 테이크아웃한 뒤, 사무실로 돌아왔다. 들떠 있던 사무실 분위기는 다시 차분해져 있었다.

현지와 칠흑팔검은 저마다 자신의 작품을 집필하는 데 열중하고 있었다. 규현은 아메리카노를 그들의 책상에 차례대로 올려놓은 뒤 자신의 책상으로 돌아갔다.

"오빠, 회의 시간이에요."

노트북으로 기사 이야기를 쓰고 있을 때 현지의 목소리가 들렸다. 규현이 시간을 확인하니 회의를 하기로 한 오후 5시였다.

"자, 그럼 회의실로 이동하죠."

세 사람은 각자 노트북을 들고 사무실 내부에 마련된 작은 회의실로 들어갔다. 규현은 창문을 열어 공기를 환기시킨 뒤 중앙의 의자에 앉았다. 그들은 미리 주고받은 메일을 열어서 서로의 원고를 확인했다. 그러고는 원고를 확인하고 스토리 전개에 대한 회의를 이어갔다. 교정과 교열은 서로의 출판사나 매니지먼트에서 해주기 때문에 할 필요가 없었다.

세 사람이 주로 한 일은 스토리에 대한 회의였다. 세 명 모두 인기 작가였고 연재 경험도 풍부했다. 그래서 그런지 회의를 거친 후, 규현이 문학 왕국에 비밀글로 업로드를 한 것을 확인하자 회의를 거치기 전보다 작품 구매 수가 증가해 있었다.

"확실히 좋아진 것 같습니다."

칠흑팔검이 감탄했다. 그는 규현처럼 스탯과 예상 구매 수를 보는 능력은 없었지만, 한눈에 보기에도 스토리가 좋아져 있었다.

"합류하길 잘했다는 생각이 듭니다."

칠흑팔검이 말했다. 파란책은 단체 채팅방을 운영하고 있었지만 간단한 대화면 몰라도 스토리 회의 같은 긴 대화를 나누기엔 적합하지 않았다. 그래서 그는 작가 사무실에 합류한 것을 만족하는 것 같았다.

현지도 고개를 끄덕이며 미소를 짓는 게 마음에 드는 모양이었다. 아직 연재를 시작하지 않은 제국 공격기의 예상 구매 수 역시 오늘 수정을 거치자 소폭이지만 상승했다. 그녀도 프롤로그가 한결 매끄러워진 것을 느꼈는지 하루 종일 굳어 있던 표정이 한결 밝아져 있었다.

"수호자 작가님. 멤버를 더 모집해야 하지 않겠습니까? 지금 인원으로 작가 사무실을 유지하면 수호자 작가님이 부담하는 금액이 너무 많지 않겠습니까?"

회의가 끝나갈 무렵, 칠흑팔검이 조심스럽게 우려를 표했다.

"그건 걱정하지 않아도 좋습니다. 이미 제 서재에 멤버 모집글을 올렸으니까요."

"아하, 그렇군요."

규현의 말에 칠흑팔검이 고개를 끄덕였다. 오늘 수업이 끝나고 사무실에 도착하자마자 규현이 한 일은 서재에 작가 사무실 멤버 모집글을 올린 것이었다. 그리고 회의를 시작하기 전에 잠깐 쪽지함을 확인했는데, 현지와 칠흑팔검이 멤버로 있다고 말해서 그런지 꽤 많은 쪽지가 쌓여 있었다.

"설마 아무나 받을 건 아니죠? 아무나 끼어들면 오염돼요."

현지가 두 눈을 날카롭게 뜨며 물었다. 그런 그녀의 모습에서 앙칼진 고양이를 연상되었다. 현지는 지금의 퀄리티가 유지되길 원하고 있었다. 아무나 끼어드는 것은 원하지 않았다. 칠흑팔검도 반대하지 않은 것으로 보아 비슷한 생각을 가지고 있는 것 같았다.

"걱정하지 않아도 돼. 내가 직접 선별해서 뽑을 테니까."

쪽지를 보낸 작가들에겐 미안하지만 책상의 수도 한정되어 있고 공간도 그렇게 넓은 편이 아니었기 때문에 두세 명만 더 받을 생각이었다. 우선 정해진 한 명은 상현이니까 두 명을 더 뽑으면 될 것이고 당연히 선발 방법은 작가 스탯이 기준이었다. 작가와 작품의 스탯을 확인할 수 있는 능력을 철저하게 활용할 생각이었다.

"선발 기준은 어떻게 됩니까? 궁금하네요."

칠흑팔검이 질문했다. 규현은 노트북을 덮으며 입을 열었다.

"잠재력입니다."

"잠재력이라… 힘들지 않겠어요?"

칠흑팔검이 조심스럽게 우려를 표했다. 잠재력을 본다는 것은 상당히 어려운 일이었다. 하지만 스탯이 보이는 규현에게는 전혀 어렵지 않았다.

"글을 읽으면 그 작가의 잠재력이 어느 정도 보입니다. 저는 유명한 인기 작가보다는 잠재력이 무한한 신인 작가들을 양성할 생각입니다."

"그거 정말 괜찮은 생각이네요. 혹시 나중에 매니지먼트라도 차릴 생각 있으신가요?"

칠흑팔검의 두 눈이 반짝였다. 규현은 입가에 미소를 머금은 채 입을 열었다.

"네. 매니지먼트를 차릴 생각입니다. 때가 되면 따라오실 거죠?"

"수호자 작가님의 실력을 보고 판단하겠습니다."

반쯤 농담 삼아 한 말이었지만 칠흑팔검은 쉽게 넘어오지 않았다. 하긴 그가 대형 매니지먼트를 포기하고 신생 매니지먼트로 넘어올 이유는 '아직까진' 없었다.

규현은 칠흑팔검을 보며 미소를 지었다. 지금은 따라올 생각이 없겠지만, 규현은 그가 따라오게 만들 자신이 있었다. 작가 사무실에 합류한 이상 그는 규현의 거대한 덫에 걸린 거나 마찬가지였다.

"저도 상황을 보고 결정할게요, 헤헤."

칠흑팔검과 규현의 대화를 들은 현지도 자신의 의사를 밝혔다. 규현은 칠흑팔검보다는 난도가 높은 현지도 끌어들일 자신이 있었다.

"그나저나 회의는 끝난 거죠?"

규현이 노트북을 닫은 것을 확인한 칠흑팔검이 물었다. 규현은 고개를 끄덕이며 입을 열었다.

"네, 끝났어요."

"그럼 저는 이만 가보겠습니다. 약속이 있어서요. 그리고 확실히 집에서 쓸 때보다 글이 잘 써지네요."

말을 마친 칠흑팔검은 미소를 지으며 회의실을 나와 사무실을 나섰다.

출근 시간과 퇴근 시간은 자유였다. 흔히들 작가들을 가둬 놓고 통조림만 먹이면서 글을 쓰게 한다는 '통조림'이라는 글쓰기 모임과는 달리 규현의 사무실은 자유로운 규칙을 가지고 있었다.

"네, 들어가세요."

"안녕히 가세요."

규현은 고개를 살짝 숙이며 인사를 했지만 현지는 노트북 화면에서 눈을 떼지 않은 채 차갑게 말했다. 칠흑팔검이 나가고 규현과 현지는 다시 사무실로 나왔다. 의자에 앉은 규현은 다시 노트북을 열었다.

"현지야, 안 가?"

"오늘도 오빠랑 같이 갈래요."

규현의 물음에 현지가 대답했다. 작가 사무실에서 글을 쓰기 시작하면서, 출근 시간은 제각각이었지만 퇴근 시간만큼은 규현과 현지가 똑같았다. 규현이 아무리 늦은 시간에 나와도 현지는 그를 기다렸다가 따라 나왔다.

솔직히 말하면 현지가 티미라는 것을 알게 된 이후, 그녀에 대해 실망해서 정이 조금 떨어졌기 때문에 현지의 이런 행동이 부담되는 것은 사실이었지만 그녀가 티미이기 때문에 쉽게 싫은 소리를 할 수 없었다. 아직 그녀가 필요했다.

"그럼 조금만 기다려 줄래? 명단만 정리하고."

"네~"

현지의 대답을 들은 규현은 쪽지를 하나하나 읽고 스탯을 확인하면서 명단을 정리했다. 쪽지를 보낸 작가의 수는 많았지만 작품 스탯이 낮고 작가 스탯이 높은 작가의 수는 거의 없었다. 아니, 작가 스탯이 높은 작가 자체가 별로 없었다. 하지만 전혀 없는 것은 아니었고 규현은 마지막으로 2명의 후보를 최종적을 선별했다.

[기동요새 라 필리어스]

분류: 판타지.

종합 등급: E.

30일 뒤 예상 24시간 구매수: 0.

[먹는 남자]

종합 등급: B.

첫 번째로 선별된 작가는 움직이는 기동요새 라 필리어스를 깨워 제국의 부흥을 꿈꾸는 마지막 황족의 이야기를 다룬 기동요새 라 필리어스를 연재 중인 먹는 남자이다. 현재 연재 중인 작품의 등급은 아주 낮았지만 대신 작가 스탯이 높았다. 무엇보다 완결을 앞두고 있어서 다음 작품을 같이 준비할 수 있었다.

[창공 기사]
분류: 판타지.
종합 등급: D.
30일 뒤 예상 24시간 구매 수: 230.

[유지석]
종합 등급: A.

두 번째로 선별된 작가는 창공 기사를 완결하고 차기작을 준비 중인 유지석이다. 쪽지를 통해 물어본 결과, 세븐 북스와 계약한 작가지만 차기작은 세븐 북스와 계약하지 않았다고 했다. 차기작을 성공시키면 매니지먼트로 따라올 가능성이 높았다.

개인적으로 규현은 먹는 남자보다 유지석을 더 높게 평가하고 있었다. 작가 스탯도 높았고, 창공 기사는 현재 D급 중에서도 상위에 속하는 280 정도의 구매 수를 자랑하고 있었기 때문이었다. 예상 구매 수를 보니까 50 정도 하락할 예정이었지만.

규현은 우선 쪽지에 적힌 연락처를 스마트폰에 저장했다. 그러고는 의자에서 일어나며 입을 열었다.

"가자."

현지가 수줍게 미소를 지으며 일어났다.

집으로 돌아온 규현은 먹는 남자에게 문자 메시지를 보냈다.

[먹는 남자 작가님, 수호자 작가입니다. 지금 통화 가능하세요?]

조금 늦은 시간인 만큼 규현은 먼저 전화를 거는 것보단 문자 메시지를 먼저 보냈다. 이윽고 답장 대신 먹는 남자로부터 전화가 걸려왔다. 규현은 미소를 지으며 전화를 받았다.

"네. 여보세요?"

─수호자 작가님 맞으시죠? 먹는 남자라고 합니다. 지금 통화 가능합니다.

"먹는 남자 작가님, 반갑습니다. 저희 작가 사무실 멤버 신청하셨죠?"

—네. 그렇습니다.

규현은 확인을 위해 간단한 질문을 했고 먹는 남자는 들뜬 목소리로 대답했다. 규현의 전화를 받은 시점에서 긍정적인 답변을 기대하고 있는 것이었다.

"기동요새 라 필리어스는 언제쯤 완결날 예정인가요?"

—며칠 내로 완결날 것 같습니다. 조금 급하게 완결내는 거긴 하지만 무료 연재 중이니까 크게 욕먹지는 않을 것 같네요.

문학 왕국에선 무료 연재를 하다가 연중을 하거나 삭제를 하는 것에 대해 페널티를 부여하지 않기 때문에 인기가 없으면 말없이 연중하거나 작품을 삭제하는 경우가 많았다. 기동요새 라 필리어스 같은 경우엔 다른 작가였다면 말없이 연중이나 삭제를 선택했을 것이다.

조급하게 끝을 맺는 것이긴 하지만 어쨌거나 완결을 낸다는 것에서 먹는 남자는 독자에 대한 예의를 지키려 노력하는 작가라는 것을 알 수 있었다.

규현은 미소를 지었다. 개인적으로 이런 스타일의 작가들을 좋아했다.

"무료 연재 중에 연중하는 작가들은 많으니까, 크게 욕을 먹지는 않을 겁니다."

―그렇겠죠?

규현의 긍정에 그는 안도하는 것 같았다.

"저희 작가 사무실 멤버가 되고 싶다고 하셨죠?"

―네.

"저희 사무실 멤버가 되시면 저를 포함해 티미 작가님과 칠흑팔검 작가님이 원고를 공동으로 봐주고 스토리에 대한 피드백도 가능하지만, 한 가지 조건이 있어요."

말을 마치며 규현은 마른침을 삼켰다. 중요한 부분이었다.

―그 조건이 뭔가요?

"저희 작가 사무실에서 같이 작업을 하시는 동안은 매니지먼트 또는 출판사와의 계약을 하지 말아 주셨으면 좋겠다는 겁니다."

규현이 내건 조건, 그것은 바로 작가 사무실에서 같이 작업을 하는 동안 매니지먼트 또는 출판사와 계약을 하지 말아달라는 것이었다.

보통 작가 사무실에선 매니지먼트나 출판사와의 계약을 막지 않는다. 그래서 치사하다는 말이 나올 수도 있지만 어쩔 수 없었다. 규현이 능력을 이용해 그들을 기껏 키워놓았는데 다른 출판사와 매니지먼트에서 데려가면 많이 아깝지 않은가. 그래서 규현은 욕을 먹을 각오를 하고 욕심을 조금 내기로 했다.

—그… 렇습니까?

대답하는 먹는 남자의 목소리에서 깊은 혼란이 느껴졌다. 출판사나 매니지먼트와의 계약, 그것은 문학 왕국에서 글을 쓰는 대부분의 작가가 꿈꾸는 것이었다. 그래서 먹는 남자는 망설이고 있었다.

먹는 남자는 유명 작가들과 같이 작업을 하고 싶었지만 계약을 막는 것은 조금 아니라고 생각했다. 그리고 규현은 먹는 남자의 목소리에서 느껴지는 그런 심정을 잡아냈다.

"조건을 하나 더 붙이죠."

—그게 무엇입니까?

"문학 왕국 베스트 30위 안에 들어가게 해드리겠습니다."

먹는 남자의 작가 스탯은 B급. 그의 잠재력을 끌어내서 B급 작품을 쓴다면 충분히 문학 왕국 베스트 30위 안에 들어갈 수 있을 것이다.

—베스트 30위요? 하하, 설마요.

"약속드리죠. 당신을 문학 왕국 베스트 30위 안에 들어가게 만들어 드리겠습니다. 그게 이루어지지 않는다면 다른 곳과 계약해도 상관없습니다."

먹는 남자는 고민했다. 하지만 쉽게 결정을 내리지 못했다.

—제가 30위에 들어가다뇨. 하하, 그건 불가능하다고 생각합니다.

먹는 남자가 말했다. 그의 순위는 위에서 세는 것보다 아래에서 세는 게 빠를 정도였다. 그런데 상위권이라고 할 수 있는 30위 안에 들어간다니, 그가 중2병이 도져서 신을 죽이겠다고 하는 게 더 현실감 있을 것 같았다.

"충분히 가능해요. 저희가 적극 지원 할 겁니다."

미래가 불확실하다고 생각하는 먹는 남자와 달리 규현의 눈에는 그의 미래가 선명하게 보였다. 현재 문학 왕국에는 B급의 스탯을 가진 작가의 수는 많지 않았다. 그를 확실하게 개발해 준다면 30위 안에 드는 것은 결코 불가능한 일이 아니었다.

—정말 가능한 건가요?

현지가 완결을 내고 빈자리를 급습하긴 했지만 어쨌든 문학 왕국 1위를 유지하고 있는 규현이 이토록 확신에 찬 목소리로 말하자 먹는 남자도 흔들리기 시작했다.

"가능합니다. 불가능하더라도 저희가 가능하게 만들어 드리죠."

한참 동안 먹는 남자는 말이 없었다. 하지만 규현은 전화를 끊지 않고 기다렸다.

—함께하고 싶습니다. 잘 부탁드립니다! 수호자 작가님!

마침내 먹는 남자는 합류를 결정했다. 규현은 입가에 미소를 그리며 입을 열었다.

"저도 잘 부탁드립니다."

간단한 인사를 주고받으며 전화 통화가 끝났다. 규현은 스마트폰을 내려놓으며 미소를 지었다. 이것으로 먹는 남자의 합류가 결정되었다. 다음에는 유지석 차례였다. 규현은 쪽지에 적힌 번호로 전화를 걸었다. 이윽고 유지석이 전화를 받았다.

그는 세븐 북스라는 출판사와 계약을 했던 작가였기 때문에 계약 금지라는 규칙을 듣고 마음을 돌릴지도 모른다고 생각했지만, 예상 외로 그는 흔쾌히 승낙했다.

─그럼 문자 메시지로 사무실 위치 보내주세요.

"알겠습니다. 내일 뵙죠."

유지석과의 통화를 끝낸 규현은 사무실의 주소를 두 작가에게 전송했다.

'이것으로 첫 걸음을 뗀 건가.'

정상을 향한 발걸음이 시작되었다.

11장

모여드는 작가들II

"오빠!"

전공 수업을 끝내고 평소처럼 다음 교양 수업이 있는 강의실로 이동하려는 규현을 하은이 불러 세웠다.

"왜 불러?"

최근 조금 피곤한 탓에 규현의 목소리는 조금 차가웠지만 하은은 미소를 잃지 않았다.

"다음 주 화요일, 저희 축제 있는 거 아시죠?"

"아, 벌써 그렇게 되었나?"

요즘 규현은 강의가 끝나면 작가 사무실에 가서 열심히 글을 쓰거나 현지와 칠흑팔검의 원고를 봐주고, 집에 돌아와 조금 쉬다가 잠의 늪에 빠졌기 때문에 날짜 감각이 무뎌진 것 같았다. 스마트폰을 들어 올려 달력을 확인하니, 벌써 5월 중순이었다. 대학 축제가 집중되어 있는 기간이었다.

"그런데 그게 왜? 나와는 상관없지 않나?"

한국대 영어영문학과는 축제에서 주점을 해왔는데 1학년과 2학년이 주력이고 3학년 간부들이 지휘를 하는 게 보통이었다.

규현은 1학년이나 2학년도 아니었고 3학년 간부도 아니었기 때문에 축제와는 전혀 상관없다고 생각했다. 그래서 축제에 대한 신경을 끄고 있었다.

"오빠! 저희 학과 인원이 별로 없는 거 아시죠?"

하은의 물음에 규현은 고개를 끄덕였다. 한국대 영어영문학과 학생 수는 적은 편이었다.

"설마 나오라는 거야?"

규현의 말에 하은은 입가에 미소를 머금은 채 고개를 끄덕였다. 사실 규현은 굳이 올 필요가 없었다. 영어영문학과의 학생 수가 적다고는 하지만 까마득한 학번을 가진 규현을 부를 정도는 아니었다. 규현을 부르는 것보다 차라리 4학년을 부르는 게 편할 것이다.

까마득한 학번인 자신을 소환하려는 시도를 할 줄이야. 규현은 예상도 하지 못했다. 하지만 쉽게 넘어갈 규현이 아니었다.

"미안하지만 글을 써야 해서 말이야."

"일하시라는 게 아니에요! 그냥 1시간만 투자해서 술이나 한잔 마시고 가주시면 돼요. 저희 매출 좀 올려주세요~ 오빠~"

"하아."

하은의 애교에 규현은 눈살을 찌푸렸다. 그녀는 예쁘고 매력 있는 여자였지만 규현의 마음에 들지는 않았다.

"그래. 1시간 정도라면 괜찮겠다."

간부는 아니었지만 영어영문학과의 학생이었으니, 학과의 일에 너무 무심한 것도 아니라고 생각했기 때문에 1시간 정도는 투자하기로 했다.

"오빠, 너무 고마워요!"

"그래, 그래. 나 이제 간다."

하은이 두 눈을 반짝이며 감사를 표했고, 규현은 귀찮은 표정으로 대답하며 그녀에게서 멀어졌다. 규현은 교양 수업이 있는 강의실로 향하며 스마트폰을 꺼내 상현에게 전화를 걸었다.

─형, 무슨 일이세요?

상현이 반가운 목소리로 전화를 받았다.

"내가 이번에 작가 사무실을 차렸는데, 너도 와서 같이 글 쓰면 좋을 것 같아서."

—그래도 되겠어요? 저는 작가도 아닌데…….

스스로를 작가가 아니라고 말하는 그의 목소리에서 복잡한 여러 감정들이 섞여 나왔다. 마치 자신을 패배자로 여기는 듯한 자신감 없는 상현의 태도에 규현은 눈살을 살짝 찌푸렸다.

"무슨 소리야? 너도 작가야."

—네?

"글 쓰고 있잖아. 그럼 작가지, 뭐겠어."

—형…….

규현의 말에 상현은 감동했다. 스마트폰을 통해 흘러나오는 그의 목소리에서 그런 감정이 살짝 묻어 나왔다. 규현이 입을 열었다.

"내가 너를 베스트 1위로 만들어줄 순 없지만, 너의 능력을 최대로 끌어낼 수 있게 해줄게."

전화 통화를 하면서 길을 걷던 규현은 걸음을 멈췄다. 교양 수업이 있는 강의실이 위치한 건물에 도착했다.

"아무튼, 문자 메시지 보내놓을 테니까, 시간 맞춰서 사무실로 와."

—네, 형. 꼭 갈게요.

전화 통화가 끝나고 문자 메시지를 보낸 규현은 강의실로 들어갔다. 이윽고 교수가 들어와서 수업을 진행했다. 글에만 관심이 있는 규현에게 교양 수업은 지루했다. 수업에 집중하기 위해 노력하던 그는 얼마 지나지 않아서 포기했다.

그의 머릿속에서 파비앙이 왕국 연합의 기사들과 전투를 벌이기 시작했다. 마침내 파비앙이 그들을 모두 쓰러뜨리고 승리하였을 때, 수업이 끝났다.

"오늘은 여기까지."

교수가 말을 마치며 강의실을 나서자 앉아 있던 학생들이 가방을 챙겨서 강의실을 빠져나갔다. 그 무리에는 규현도 섞여 있었다. 건물을 빠져나온 그는 주차장으로 향했다..자신의 차에 탑승한 그는 시동을 걸고 차를 몰아 학교를 빠져나왔다. 그러고는 곧장 사무실이 있는 금진 빌딩으로 향했다.

금진 빌딩에 도착한 규현은 주차장에 차를 주차하고, 근처의 은행에 들러 부모님께 용돈을 넉넉히 보내 드린 뒤에 사무실로 향했다.

"오셨습니까?"

칠흑팔검이 안경을 고쳐 쓰며 인사했다. 그는 전업 작가였기 때문에 늘 아침에 사무실로 출근했다. 신분이 학생인 규현과 현지는 아침에 출근할 수 없었기 때문에 규현은 칠흑팔검에게 여분의 열쇠를 맡겨둔 상태였다.

규현은 자신의 책상으로 향했다. 그리고 의자에 앉아 가방에서 노트북을 꺼내 책상에 놓고 열었다.

"원고 보내주시겠어요? 추가 교정 봐드릴게요."

"네."

규현의 말에 칠흑팔검이 대답했다. 교정은 출판사나 매니지먼트에서 하는 일이었지만, 규현이 추가 교정을 봐준 뒤로, 구매 수가 증가했기 때문에 칠흑팔검은 순순히 원고를 보내주었다.

규현이 원고를 교정해 주는 방법은 간단했다. 1차로 수정할 곳을 표기한다. 그리고 2차로 새 문서를 불러와 수정할 곳을 수정한 원고를 작성하여 비밀글로 올린다. 그리고 능력을 이용해 예상 구매 수를 확인한다. 예상 구매 수가 내려가면 다시 수정하고 예상 구매 수가 증가하면 수정할 곳이 표기된 원고를 칠흑팔검에게 보내는 것이었다.

칠흑팔검이 보내준 그의 신작 칠흑마검기 원고를 읽은 규현은 속으로 감탄했다. 4질의 작품을 완결낸 작가답게 어색한 문장을 찾아보기도 힘들었고 기본기도 탄탄했다.

어색한 문장이 있다면 그것을 고치는 것만으로도 구매 수를 꽤 올릴 수 있지만 칠흑팔검은 그런 도움은 필요 없는 수준이었다.

"문제는 스토리인가."

문장이 문제가 없으면 스토리가 대중적이지 않은 것일 확률이 높았지만, 칠흑마검기의 스토리는 괜찮은 편이었다.

몰락한 귀족 가문의 후계자가 가문의 재건을 위해 칠흑의 마검을 찾아 나서는 이야기였다. 그리고 지금 그가 보내준 원고에선 자아가 있는 칠흑의 마검을 주인공이 찾아낸 장면이 서술되어 있었다.

"전개 속도가 조금 느리네."

다 좋은데 전개 속도가 조금 느렸다. 칠흑팔검은 본래 무협 작가였다. 그래서 나이가 조금 있는 사람들이 좋아하는 적당히 느리고 호흡이 긴 전개 방식에 익숙해져 있었다. 그래서 이번에도 그런 전개 속도를 그대로 사용해 버린 것이었다.

판타지와 무협이 많은 점이 다르듯, 그것을 읽는 독자들도 선호하는 스토리와 전개 속도 등이 달랐다.

"칠흑팔검 작가님."

"네, 수호자 작가님. 말씀하시죠."

칠흑팔검이 대답했다. 규현은 입을 열었다.

"전개 속도를 조금 빠르게 가는 게 좋을 것 같습니다."

"전개 속도가 많이 느립니까?"

칠흑팔검의 물음에 규현은 고개를 끄덕였다.

"그렇게 많이 느린 편은 아닌데, 문학 왕국 독자들이 읽을 때 조금 질질 끈다는 느낌 있어요. 지금부터라도 빠르게 가는 게 좋을 것 같아요."

규현의 말에 칠흑팔검은 고개를 끄덕였다. 그도 전개 속도
가 느리다는 것 정도는 어렴풋이 알고 있었다.

"지금 고쳐보겠습니다."

칠흑팔검은 원고를 수정하기 시작했다. 그가 키보드를 바
쁘게 두드리기 시작할 때 문이 열리고 현지가 걸어 들어왔
다. 그녀의 손에는 커피 두 잔이 들려 있었다.

"안녕하세요."

"네, 안녕하세요."

칠흑팔검이 가볍게 고개를 숙이는 것으로 인사하자 현지
도 가볍게 인사를 건넸지만 규현에게 인사를 할 때처럼 환하
고 밝은 미소를 짓진 않았다.

"어서 와."

규현도 현지를 향해 인사를 건넸다. 현지는 그런 규현을
향해 사뿐사뿐 걸어가 커피를 건넸다.

"오빠, 커피예요. 헤헤."

"고마워. 그런데 칠흑팔검 작가님의 커피는 없어?"

"아!"

규현의 물음에 현지는 두 눈을 동그랗게 떴다. 그녀가 가
져온 커피는 두 잔이었다. 일부러 빠뜨린 것은 아니었다. 단
지 그녀는 칠흑팔검을 신경도 쓰지 않았던 것이었다. 애초에

그녀가 생각하는 사무실에는 규현과 그녀 자신밖에 없었다. 칠흑팔검은 그저 떠도는 유령과도 같은 존재였다.

"저는 괜찮습니다."

칠흑팔검이 어색한 미소를 입가에 그린 채 말했다. 크게 신경 쓰지 않는 것 같았지만 규현은 그렇지 않았다.

"제 커피 마시세요."

그렇게 말하며 규현은 커피를 칠흑팔검의 책상 위에 올려 두었다. 칠흑팔검이 괜찮다고 말하려는 순간, 규현이 먼저 입을 열었다.

"저는 아이스티를 더 좋아해요."

규현이 그렇게까지 말하니, 칠흑팔검도 쉽게 거절하지 못했다.

"그럼 감사히 마시겠습니다."

커피가 담긴 컵을 들어 올리는 칠흑팔검을 향해 현지는 불만 가득한 시선을 보냈다. 그러면서 한편으로는 머리의 메모장에 규현의 취향에 대해 조심스럽게 필기해 두었다. 커피 소동이 끝나고 현지와 규현은 각자의 책상으로 돌아갔다.

"오빠, 제 원고는 언제 봐주실 거예요?"

"우선 칠흑팔검 작가님 원고 좀 봐드리고."

"네⋯⋯."

현지는 고개를 숙인 채 속으로 칠흑팔검을 마구 욕했다.

왠지 모르게 규현을 뺏긴 느낌이 들어서 기분이 좋지 않았다. 질투가 나서 미칠 것 같았지만 참았다. 적어도 규현의 앞에선 못난 모습을 보일 수 없었다.

"원고 보냈습니다."

현지가 홀로 자신과의 싸움을 하고 있을 동안 칠흑팔검은 원고를 완성해서 규현에게 보냈다.

"지금 확인할게요."

규현은 메일을 확인했다. 칠흑팔검으로부터 메일이 한 통 도착해 있었다. 규현은 파일을 열어 원고를 확인했다. 확실히 전보다 전개 속도가 빨라져 있었다.

보통 초보 작가들이라면 전개를 빠르게 할 때 중요한 내용을 스킵하는 실수를 저지르기도 하는데 칠흑팔검은 전개는 빠르게 하면서 중요한 내용은 모두 담고 있었다. 내공이 어느 정도 쌓인 작가다웠다.

규현은 문학 왕국에 칠흑팔검의 계정으로 접속했다. 칠흑팔검에겐 다른 변명을 들어서 비밀번호를 받아둔 상태였다.

그리고 비밀글로 그의 소설을 올린 뒤 스탯을 확인했다.

[칠흑마검기]

분류: 판타지.

종합 등급: B.

30일 뒤 예상 24시간 구매 수: 약 5,500.

현재 구매 수가 5,500이었다. 보통 유료 연재를 할 때 시간이 지날수록 구매 수가 하락하는 것을 보면, 지금과 30일 뒤의 예상 구매 수가 같다는 것은 나쁘게 볼 만한 소식은 아니었지만 규현은 만족할 수 없었다.

원고를 다시 한번 읽고 칠흑마검기의 일부를 속독한 끝에 규현은 문제점을 하나 찾아낼 수 있었다. 바로 히로인의 부재. 칠흑마검기에는 히로인이 존재하지 않았다. 거기다가 칠흑 마검의 자아마저 중년의 아저씨였다. 이건 문제가 된다.

히로인은 양날의 칼이라고 하지만 독자들은 히로인을 원한다. 그리고 특히 자아가 있는 검이라고 하면 그 자아는 미소녀인 경우가 많았다. 칠흑팔검의 작품 칠흑마검기는 너무 묵직하고 어두웠다. 밝은 분위기를 연출할 히로인이 필요했다.

"칠흑팔검 작가님, 작품에 히로인이 없네요."

"네. 칠흑검존을 쓰면서 히로인은 양날의 칼이라는 것을 뼈저리게 느꼈거든요."

칠흑팔검의 대답에 규현은 자기도 모르게 고개를 끄덕였다. 문학 왕국의 상위권에 위치한 작품 대부분을 읽어보았고 당연히 칠흑검존 또한 읽어보았다. 그래서 규현은 칠흑팔검이 칠흑검존에 나오는 히로인 때문에 마음고생을 적지 않게

했다는 것을 알고 있었다.

작가들은 물론이고 독자들 또한 히로인을 양날의 칼이라고 부르고 있었다. 그것도 아주 날카롭고 거대한 양날의 칼이었다. 적에게 큰 상처를 입힐 수 있지만 잘못하면 자신 또한 상처를 입고 마는 그런 존재였다.

"그래도 어두운 칠흑마검기의 분위기를 바꾸려면 히로인을 등장시켜야 할 것 같습니다."

"어둡게 안 쓰려고 했는데, 계속 어둡게 가네요. 하하하."

칠흑팔검은 어색한 웃음소리를 흘렸다. 칠흑검존에서 워낙 히로인 때문에 크게 고생을 해서 그런지 히로인을 넣을 생각이 없는 것 같았다.

"칠흑팔검 작가님, 베스트 2위 탈환하려면 치명상을 입혀야 합니다. 지금 베스트 2위 유지하고 있는 작가가 누군지 아세요?"

"당연히 알고 있죠. 침략사령관 작가님 아닙니까?"

현재 베스트 1위인 기사 이야기의 뒤를 이어 베스트 2위를 유지하고 있는 작품은 침략사령관의 작가 정현수였다.

작가 정현수는 작가의 이야기를 다룬 전문가물로 갑자기 상승하진 않았지만 꾸준히 안정적으로 독자들을 확보해 2위까지 올라왔다. 그래서 연독률이 안정적이었고 고정 독자층이 많았다. 아직 유료 연재로 전환하진 않았지만 스탯을 확인해 본 결과 예상 24시간 구매 수가 18,000이었다. 결코 만만한 상대가 아니었다.

"이대로 편수가 쌓이면 3위는 무리 없이 할 수 있을지도 모릅니다. 하지만 2위는 무리예요."

규현의 말에 칠흑팔검이 눈살을 찌푸렸다. 자신의 한계를 마음대로 짐작한 것이 조금 불쾌한 모양이었지만, 예상 구매 수가 보이는 규현은 장담할 수 있었다. 물론 그것을 설명할 수는 없었지만 말이다.

"히로인 넣으시죠. 히로인을 넣으면 확실하게 2위 만들어 드리겠습니다."

"하지만 히로인은 양날의 칼입니다. 자칫하면 추락할 수도 있습니다."

"제가 있는 한 추락하는 일은 없을 겁니다."

"제가 수호자 작가님을 믿고는 있지만 근거 없는 자신감 같습니다."

규현은 자신만만하게 말했지만 칠흑팔검의 반응은 차가웠다. 그는 규현을 믿고 있었지만 작품의 중요한 전개를 맡길 정도는 아니었다.

작가 사무실에 합류했지만 그가 허용하는 범위는 '조언' 수준이었다. 그런데 지금 규현의 행동은 조언을 넘어섰다. 아니, 조언이라고 하면 조언이라고 할 수 있었다. 다만, 강요에 조금 더 가까웠다.

"그렇게 보이십니까?"

규현의 물음에 칠흑팔검은 고개를 끄덕였다.

"설명할 수는 없지만 충분한 근거가 있습니다. 만약 잘못되면 제가 책임지도록 하죠."

12장

모여드는 작가들III

　잘못될 리가 없었다. 단순노동 작업이 조금 필요하겠지만 베스트 2위가 되는 것은 시간문제였다.

　"그렇게까지 말씀해 주신다면 한번 걸어보겠습니다. 때로는 도박도 필요하니까요."

　그렇게 말한 칠흑팔검은 안경을 살짝 올려 쓰며 노트북 화면으로 시선을 옮겼다. 그리고 키보드를 열심히 두드리기 시작했다. 이윽고 그는 다시 수정한 원고를 보냈다. 대충 읽어본 규현은 비밀글로 설정하여 칠흑팔검 계정에 올려보았다.

　그냥 보기에 괜찮은 것 같았지만 스탯 확인은 필수였다.

[칠흑마검기]

분류: 판타지.

종합 등급: B.

30일 뒤 예상 24시간 구매 수: 약 3,000.

예상 구매 수가 큰 폭으로 하락했다. 추가한 히로인은 귀족 가문의 영애였는데, 독자들의 마음에 들지 않을 것 같았다. 규현이 다시 읽어보니 지나치게 도도한 모습을 보이는 것이 오히려 반감이 들 정도였다. 그리고 갑자기 등장해서 개연성도 엉망이었다.

'역시 칠흑 마검의 모에화밖에 없나.'

규현은 생각했다. 지금 등장하는 칠흑 마검의 자아를 미소녀로 한다면 개연성에도 크게 문제되지 않았다. 중요한 것은 성격이었는데, 요즘 유행하는 츤데레로 설정하면 어떻게든 될 것 같았다.

"칠흑팔검 작가님."

규현은 칠흑팔검 작가를 불렀다. 그리고 생각한 내용을 모두 설명했다. 심각하게 듣고 있던 칠흑팔검 작가가 입을 열었다.

"다시 수정하겠습니다."

그리고 얼마 지나지 않아서 그는 수정한 원고를 보냈다. 한눈에 보기에도 방금 전의 원고와는 달라져 있었다. 하지만 중요한 것은 규현의 판단이 아니었기 때문에 그는 말없이 비밀글 설정을 해서 업로드했다. 그리고 스탯을 확인했다.

[칠흑마검기]
분류: 판타지.
종합 등급: A.
30일 뒤 예상 24시간 구매 수: 약 19,000.

칠흑 마검을 츤데레 미소녀로 모에화시켰을 뿐인데, 많은 것이 바뀌었다. 한번 판정받으면 변하기 힘든 작품의 종합 등급이 B급에서 A급으로 상향 조정 되어 있었고, 예상 구매 수도 상당히 많이 상승했다.

19,000이면 작가 정현수의 예상 구매 수보다 높은 수치였다. 2위에 오르기에 충분했다.

"이 정도면 충분할 것 같습니다."

"그렇습니까?"

규현의 말에 칠흑팔검은 고개를 끄덕이며 대답했지만 표정은 크게 유쾌하지 않아 보였다. 하지만 그도 결과를 보면 생각이 달라질 것이다. 그리고 규현을 향한 신뢰도 더욱 두터

워질 것이다.

"오빠, 저는요?"

현지가 규현을 보며 물었다. 그제야 규현은 현지의 존재를 깨닫고 그녀에게 원고를 보내달라고 했다. 그녀는 기다렸다는 듯이 원고를 보냈다. 현지가 보낸 원고를 읽으며 규현은 깜빡하고 전달하지 않은 정보를 말하기 위해 입을 열었다.

"아참, 그리고 오늘 새로운 멤버 3명이 합류할 겁니다."

"그렇습니까?"

"언제 와요?"

칠흑팔검은 고개를 끄덕였고 현지는 언제 오는지 물었다. 규현은 시간을 확인했다. 슬슬 올 때가 되었다.

"슬슬 올 때가 되었네요."

규현의 말이 끝나기 무섭게 사무실 문이 열렸다.

"안녕하세요!"

환한 에너지가 느껴지는 밝은 목소리로 인사를 하며 걸어 들어오는 남자는 한국대 경영학과를 졸업하고 비문 동아리 회장을 맡았던 한상현이었다. 그의 손에는 피로회복제 한 박스가 들려 있었다.

"안녕하세요."

칠흑팔검은 미소를 지으며 인사했지만 현지의 표정은 조금 어두웠다. 그녀가 보기에 상현은 글을 잘 쓰는 편이 아니었기 때문이었다. 그래서 지금 당장에라도 '오빠, 사람 가려서 받는다고 했잖아요!'라고 항의하고 싶었지만 참았다.

게다가 칠흑팔검은 신경 쓰지 않았지만 규현과 상현에게는 최대한 그녀의 본래의 성격을 보이는 것을 자제하고 싶었다. 가깝지 않은 사람들이나 인터넷으로 알게 된 사람들에겐 성격을 그대로 보이는 그녀였지만 가까운 사람들에게는 내숭을 떨고 있었다.

"그거 피로회복제인가요?"

"예. 오는 길에 약국이 있어서 빈손으로 오기도 그렇고 해서 한 박스 사 왔습니다."

상현은 미소를 지으며 사무실 안으로 들어왔다. 그는 주변을 둘러보다가 작은 탕비실을 발견하고 입을 열었다.

"저기 두면 되나요, 형?"

규현이 고개를 끄덕이자 상현은 탕비실로 들어갔다. 냉장고 문을 열고 박스에서 피로회복제를 하나씩 꺼내 정성스럽게 넣은 뒤, 사무실로 돌아오며 현지를 향해 손을 흔들었다. 상현을 향해 날카로운 시선을 보내던 현지는 깜짝 놀라 어색한 미소를 지으며 손을 흔들어주었다.

"상현아, 여기 앉으면 돼."

규현은 빈 책상으로 상현을 안내했다. 상현은 의자에 앉으며 가방에서 노트북을 꺼내 책상 위에 올렸다.

"평소라면 조금 이따가 회의해야 하는데, 오늘은 없어. 조금 있으면 또 두 명 더 올 거니까, 그때까지 글 쓰고 있어. 그때 다 같이 자기소개할 거니까, 준비해 두고. 그리고 원고는 내일부터 봐줄게."

"네. 감사합니다."

규현의 말에 상현은 대답과 함께 노트북을 열어 전원을 켠 뒤, 글을 쓰기 시작했다. 규현도 현지가 보내준 원고를 다시 읽기 시작했다.

원고에 오탈자는 거의 없었다. 스토리도 괜찮은 편이었다. 전개 속도도 적당했고 흡입력도 있었다. 하지만 비밀글로 올리고 스탯을 확인했을 때, 제국 방어기보다 한참 못 미치는 구매 수였다.

"현지야."

"네, 오빠."

규현이 부르자 초조하게 기다리고 있던 현지가 대답했다. 그녀를 보며 규현은 입을 열었다.

"현지야, 안 되겠다. 우리 이거 갈아 엎자. 프롤로그부터 다시 쓰자."

"네? 그게 무슨 소리예요, 오빠?"

예상대로 현지는 격한 반응을 보였다. 그 어떤 작가라도 본인의 작품을 모두 갈아 엎어야 한다는 소리를 들으면 그녀와 크게 다르지 않은 반응을 보일 것이다.

"어째서요? 이유를 설명해 주세요."

현지의 목소리가 날카로워졌다. 그녀는 규현에게 좋은 감정을 가지고 있었지만 공과 사를 구별할 줄 모르는 바보는 아니었다.

현지에게 있어서 글을 쓰는 것은 '일'이었다. 규현에게 좋은 감정을 가지고 있다고는 지금처럼 납득이 되지 않는 말을 따를 의사는 없었다. 현지가 볼 때 지금의 제국 공격기는 전혀 문제가 없는 작품이었다.

"갈아 엎어야 할 정도의 문제는 없다고 생각하는데요?"

현지가 따졌다. 상현과 칠흑팔검은 타자를 치는 것도 멈춘 채 숨을 죽였다. 그녀가 자신의 작품에 대해 가지는 감정은 규현을 향한 마음만큼이나 진지했다. 그녀는 자신의 작품에 대한 자부심이 강했다. 그래서 규현의 말에 더 상처를 받았고, 쉽게 이해하지 못한 것이다.

"갈아 엎어야 할 정도의 문제는 확실히 없어. 지금 이거 내놓아도 충분히 성공할 거야."

규현은 현지의 말에 긍정했다. 그녀의 말대로 지금 쓴 제국 공격기 원고를 연재하면 문학 왕국 베스트 15위 안에는 어렵지 않게 들어갈 수 있을 것이다.

"하지만 현지야, 네가 원하는 건 그런 게 아니잖아. 제국 방어기와 비슷한 수준의 작품을 원한다고 했잖아."

규현의 말에 현지는 쉽게 입을 열지 못했다. 그의 말이 맞았기 때문이었다. 그녀는 제국 방어기 같은 작품을 한 번 더 쓰고 싶었다.

"지금의 제국 공격기가 제국 방어기만한 작품이라고 생각해?"

규현의 질문에 현지는 대답하지 못했다. 그의 말을 듣는 것으로 다시 한번 깨달았다. 지금의 제국 공격기는 절대로 제국 방어기를 따라잡지 못한다는 것을 말이다.

"나를 못 믿겠다면 지금 당장 제국 공격기를 문학 왕국에서 연재해 봐도 좋아. 하지만 내가 장담하는데, 제국 방어기와 비슷한 성적이 나오지는 않을 거야."

"일단은 다 지울게요."

현지는 힘든 결정을 내렸다. 그녀는 노트북에 저장된 제국 공격기 원고를 미련 없이 모두 삭제했다.

"후우!"

삭제를 끝낸 현지는 한숨을 내쉬며 등받이에 몸을 기댔다. 그녀의 눈동자에서 여러 가지 복잡한 감정이 섞여 있는 것을 엿볼 수 있었다. 현지의 기분이 조금 가라앉은 것 같아서 규현도 마음이 좋지는 않았다. 그녀를 위로하기 위해 의자에서 일어난 순간 사무실 문이 열리고 처음 보는 사람이 침착한

걸음걸이로 걸어 들어왔다.

"반갑습니다! 먹는 남자입니다!"

그는 스스로 먹는 남자라고 소개하며 안으로 들어왔다.

"반갑습니다."

"잘 부탁드려요."

규현이 딱히 설명하진 않았지만 칠흑팔검과 상현은 먹는 남자가 새로운 멤버라는 것을 알아채고 환영 인사를 건넸으나, 송현지는 말이 없었다.

"반가워요."

규현이 눈치를 살짝 준 뒤에서야, 그녀는 입을 열었다. 규현은 먹는 남자를 책상으로 안내했고, 의자에 앉은 그는 노트북을 꺼내 펼친 뒤 주변의 눈치를 살피다가 어색한 표정으로 문서 작성 프로그램을 켜고 타자를 두드리기 시작했다.

"안녕하세요, 유지석입니다."

먹는 남자가 오고 얼마 지나지 않아서 유지석이 도착했다. 규현은 간단하게 서로를 소개하는 시간을 가지기 위해 모두와 함께 회의실로 이동했다.

"간단하게 서로를 소개하는 시간을 가지도록 할게요. 조금 유치하다고 생각할지도 모르겠지만, 앞으로 친하게 지내려면 서로에 대해 조금은 알 필요가 있다고 생각합니다. 자기소개라고 해봤자, 별거 없습니다. 그냥 필명만 말씀해 주시면 됩니다."

규현의 말에 모두가 고개를 끄덕였다.

"그럼 제가 먼저 시작하겠습니다. 반갑습니다. 수호자입니다. 잘 부탁드리겠습니다."

"칠흑팔검입니다."

"티미예요."

규현이 먼저 자신을 소개하자 칠흑팔검과 현지가 이어서 자신들을 소개했다.

"한상현입니다."

"먹는 남자입니다."

"유지석입니다."

기존 멤버 두 명에 이어서 오늘 새로 들어온 신입 멤버 3명이 자기소개를 했는데, 순서가 넘어갈수록 현지의 표정이 싸늘해졌다. 그녀는 분명 입가에 미소를 머금고 있었지만 눈동자에선 냉기가 흐르는 것을 규현은 느낄 수 있었다.

새로 합류한 3명의 작가가 심각할 정도의 무명 작가라는 게 현지의 기분을 좋지 않게 만든 이유였다. 처음 그녀는 규현이 새로운 멤버들을 모았다고 하길래 어느 정도 이름이 있는 작가들이라고 생각하고 있었다. 그런데 막상 사무실에 온 작가들은 이름조차 들어보지 못한 심각한 무명의 작가들이었다.

작가 스탯을 볼 수 있는 규현의 눈에는 그들이 보석으로 보였지만, 현지의 눈에는 그냥 널리고 널린 돌멩이로 보였다. 현지는 물론이고 칠흑팔검의 안목도 나쁘지는 않은 편이었지만 세 사람의 재능은 규현과 같은 능력이 없으면 발견하기 힘들 정도로 깊숙한 곳에 숨겨져 있었다.

'저런 것들한테 시간을 할애한다고? 나한테 시간을 모두 투자해도 부족할 텐데, 오빠는 무슨 생각인 거야.'

그렇게 생각하며 현지는 아무도 모르게 입술을 살짝 내밀었다.

"생각했던 것과는 다르지만, 잘 부탁드리겠습니다."

어색한 분위기 속에서 칠흑팔검은 사람 좋은 표정으로 새로 온 멤버들과 한 명씩 악수를 나눴다. 새로 합류한 세 사람은 칠흑팔검이라는 무거운 이름 때문에 쉽게 접근하지 못했지만 칠흑팔검이 먼저 나서서 거리를 좁히자 이내 굳은 얼굴을 풀고 반갑게 그와 간단한 대화를 나누었다.

"오늘은 늦었으니, 간단하게 이야기나 하다가 가죠."

규현의 말에 모두 동의했다. 새로 합류한 세 사람은 칠흑팔검과 주로 대화를 나누었다. 현지에겐 아무도 가지 않았다. 그녀는 웃고 있었지만, 무의식중에 흘려보내는 싸늘한 기운을 모두 느끼고 피한 것이었다.

"이런, 벌써 시간이 늦었네요. 식사나 같이하시고 해산하죠."

"작가님이 쏘는 거예요?"

지석이 물었다. 규현은 미소를 지었다.

"네. 오늘은 제가 쏩니다."

하루 정도는 이런 자리를 가지는 것도 좋다고 생각했다. 사무실 문을 잠그고 그들은 규현과 칠흑팔검의 차에 나눠 탄 뒤, 근처의 식당으로 향했다.

*　　　　　*　　　　　*

규현과 사소한 트러블이 있었지만 리디스 미디어는 결국 문학 왕국에 진출하는 것에 성공했다. 1세대 작가인 이상진을 필두로 해서, 그동안 종이책으로 인기를 얻은 작가 몇 명이 선봉으로 진출하여 리디스 미디어의 이름값을 올렸다. 그렇게 상승한 이름값을 이용해 리디스 미디어는 활동을 개시했다.

괜찮은 작가가 있으면 쪽지를 보냈고, 그중에서 계약을 희망하는 작가들과 계약을 진행했다. 그렇게 리디스 미디어는 문학 왕국에서 입지를 단단하게 굳히고 있었다.

한때 규현과의 표절 시비가 다소 문제가 되긴 했지만 판타지 제국과 거래를 해서 원만하게 해결하니 그것도 곧 잊히고 리디스 미디어는 다시 전진했다.

"작가님, 슬슬 신작을 연재하셔야 하지 않겠습니까?"

"글쎄요. 지금은 딱히 내키지 않습니다."

리디스 미디어의 기획팀장 찬호는 상진의 갑질 아닌 갑질로 인해 고통스러워하고 있었다. 리턴 황제 폐하가 2월 초에 11권으로 완결나면서 벌써 3달이 지났다. 그런데 상진은 차기작을 쓰지 않고 있었다.

보통 작가들이 쓰고 있던 작품을 완결내기 전에 차기작을 공개하거나, 완결낸 직후 차기작을 공개하는 경우가 대부분인 것을 생각해 볼 때, 조금 특이한 경우였다.

처음에는 리디스 미디어도 상진을 재촉하지 않고, 묵묵히 기다렸지만 더 이상은 무리였다. 현재 리디스 미디어에서 문학 왕국에 진출하여 가장 큰 성공을 거둔 작가는 이상진뿐이었다.

그가 연재를 하고, 안 하고에 따라서 신인 작가의 유입과 리디스 미디어 로고를 단 작품들을 클릭하는 독자들의 수가 영향을 받는다.

"작가님, 제발 부탁드립니다. 차기작 좀 써주세요!"

"미안하지만 지금은 무리입니다."

다급한 찬호와 다르게 상진은 창밖으로 흐르는 일상의 모습을 보며 여유로운 시간을 가졌다. 그 모습에 찬호는 답답해서 미칠 것만 같았다. 언성을 높이고 싶었지만 그랬다가는 상진과의 관계가 나빠질 수도 있기 때문에 참을 수밖에 없었다.

"그럼, 작가님. 이유만이라도 말씀해 주세요. 도대체 왜 차기작을 안 쓰려고 하는 거예요?"

찬호의 물음에 상진은 창문에서 눈을 뗐다. 그리고 테이블에 놓인 커피 잔을 입가로 가져갔다. 커피를 한 모금 마시고 그는 입을 열었다.

"차기작 안 쓴다고는 안 했어요. 그냥 지금은 내키지 않네요."

상진은 끝내 이유를 말하지 않았다.

13장

날개 I

학교 축제가 열리는 날이 되었다. 규현은 오전 내내 글을 쓰다가 오후가 되어서야 학교로 향했다. 축제가 시작되면 학교 내부 주차장이 혼란스러워질 것이 분명했기 때문에 지하철을 이용했다.

약속대로 영어영문학과 주점에 방문하여 어느 정도 팔아 준 규현은 다시 집으로 돌아왔다. 하은이 더 놀다 가라고 했지만 글을 써야 했기 때문에 거절했다. 집으로 돌아온 규현이 노트북을 열고 글을 쓰기 시작했을 때, 메시지 한 통이 도착했다.

확인해 보니 규현의 담당 편집자인 창석이었다. 그는 퇴근 후에 전화 통화나 문자 메시지를 주고받는 것을 그렇게 좋아하지 않았다.

이 늦은 시간에 그가 문자 메시지를 했다는 것은 두 가지 경우를 생각해 볼 수 있었다. 좋은 소식을 전하기 위해서 또는 나쁜 소식을 전하기 위해서. 규현은 서둘러 문자 메시지를 확인했다.

[작가님, 기사 이야기 웹툰을 그려주실 작가님을 섭외했습니다.]

다행히 나쁜 소식은 아니었고 좋은 소식이었다. 규현은 바로 답장을 보냈다.

[그렇습니까?]
[예. 내일 미팅 날짜를 잡기로 했는데, 그전에 미리 말씀드리는 겁니다. 미팅 날짜가 잡히는 대로 문자 메시지 드리겠습니다.]
[알겠습니다. 감사합니다.]

문자 메시지를 통한 대화가 끝났고, 규현은 어느 정도 글을 써둔 뒤 칠흑팔검의 칠흑마검기에 들어가 댓글을 확인했다.

　오크아이: 칠흑 마검쨍! 완전 모에!
　삿갓 쓴 사신: 마검이 츤츤거리는 모습이 아주 보기 좋습니다. 아빠 미소가 지어지네요.

　칠흑 마검을 모에화하여, 히로인으로 만든 이후, 칠흑마검기는 3위 또는 4위를 교대로 유지하고 있었고, 독자들의 반응도 좋았다.
　'칠흑팔검 작가는 확실히 대단하군.'
　댓글을 확인하며 규현은 감탄했다. 규현이 조언을 하긴 했지만, 글을 쓴 것은 칠흑팔검이었다. 츤데레는 표현하기도 힘들고, 완급 조절을 잘못할 경우 주인공을 호구로 만들어 버려서 역효과를 낼 수도 있는 어려운 캐릭터였다.
　많은 작가들이 인기가 많다는 이유로 츤데레 히로인을 도입했다가 피를 보고 후회하는 경우가 아주 많았다.
　히로인은 양날의 칼이라고 하지만, 그중에서도 츤데레는 아주 날카로운 양날의 칼이었다. 그런 위험한 무기를 칠흑팔검은 훌륭하게 소화해낸 것이다.
　댓글을 다 확인한 규현은 노트북 전원을 껐다. 그리고 스마트폰을 들어 올려 칠흑팔검에게 전화를 걸었다.

―네, 여보세요.

통화 대기음이 끝나자 칠흑팔검의 목소리가 들려왔다. 그의 목소리가 들떠 있는 것을 보니, 댓글을 확인한 것 같았다.

"댓글 반응이 상당히 좋은데요? 축하드립니다."

―다 수호자 작가님 덕분입니다. 2위도 얼마 남지 않은 것 같습니다.

칠흑팔검이 차분하지만 열기가 느껴지는 목소리로 말했다. 칠흑마검기는 이미 5위 안에 놀고 있었다. 묵묵히 2위를 지키고 있는 침략사령관의 작품을 밟고 올라서는 것도 얼마 남지 않았다고 칠흑팔검은 생각했다. 그리고 그것은 규현의 생각과도 크게 다르지 않았다.

"네. 선작과 조회수가 이 정도 속도로 상승한다면 다음 주 월요일 이후에 2위를 노려볼 수 있을 것 같습니다."

규현은 스탯을 볼 수 있는 능력이 있었기 때문에 칠흑팔검의 승리를 확실하게 보았다. 매일같이 침략사령관의 스탯을 확인하고 있었지만 예상 구매 수의 증가와 감소는 크지 않은 범위에서 갈팡질팡하고 있었다. 변수는 사실상 없다고 봐도 좋았다.

―사실 1위를 노리고 있습니다. 긴장하세요.

"긴장하고 있겠습니다."

칠흑팔검은 의미심장한 말을 남기고 전화를 끊었다.

　　　　　*　　　　　*　　　　　*

　"수호자 작가님! 저 2위 탈환했습니다!"

　사무실에 앉아서 순위를 확인하고 있던 칠흑팔검은 자신의 작품이 침략사령관의 작품을 밀어내고, 2위에 등극한 것을 확인하고 기쁨에 겨워 소리쳤다.

　"정말입니까?"

　탕비실에서 피로회복제를 마시고 있던 규현은 칠흑팔검의 곁으로 이동했다. 그리고 노트북 화면을 보았다.

　1: 기사 이야기(수호자)

　2: 칠흑마검기(칠흑팔검)

　3: 작가 정현수(침략사령관)

　기사 이야기와 작가 정현수의 중간 지점, 2위의 자리에 칠흑팔검의 작품 칠흑마검기가 자리 잡고 있었다.

　"축하드립니다."

　"축하드려요."

　현지를 제외한 상현과 먹는 남자, 그리고 지석이 칠흑팔검의 책상으로 달려와 문학 왕국 2위 탈환을 축하해 주었다.

규현이 날카로운 시선을 보내 현지에게 눈치를 주자 그녀도 속으로 불평을 하면서 칠흑팔검의 2위 탈환을 축하해 주었다.

"감사합니다."

'이제 남은 것은 네 사람인가.'

모두에게 미소를 지어 보이며 감사를 표하는 칠흑팔검. 그리고 그를 둘러싼 상현과 먹는 남자, 지석, 그리고 자신의 자리에 앉아 있는 현지를 보며 규현은 생각했다.

2위를 탈환한 칠흑팔검은 이제 규현이 매니지먼트를 차린다고 하면 따라오겠지만 아직 네 사람은 확정되지 않았다. 규현은 그들에게도 자신의 능력을 보여줄 필요가 있다고 생각했다. 그렇다면 어떻게 하는 게 좋을까?

'일을 실행하기 전에 실험하고 싶은 게 있다.'

본격적으로 움직이기 전에 규현은 하나 실험해 보고 싶은 게 있었다. C급 작가에게 규현이 만든 B급 작품의 스토리를 주면 어떻게 될까? 그것이 궁금했다.

이것은 중요한 문제였다. C급 작가가 B급 작품을 연재할 수 있게 된다면, 굳이 잠재력이 뛰어난 작가를 확보할 필요가 없었다. 그냥 널리고 널린 낮은 작가 스탯의 작가들과 계약해서 규현이 직접 스토리를 짜서 전달해 주면 되기 때문이었다.

'우선은 상현이에게 작품을 하나 줘봐야겠군.'

생각을 끝마친 규현은 자신의 책상으로 돌아가고 있는 상현을 보며 입을 열었다.

"상현아."

"네?"

"너 혹시 내가 스토리랑 설정 짜주는 거 어떻게 생각해?"

"전 딱히 나쁘게 생각 안 해요. 오히려 감사하죠."

상현이 대답했다. 보통 작가들은 다른 사람이 스토리와 설정을 짜주는 것을 싫어하는 경우가 많았다. 정해진 대로 글만 쓰는 공장 취급을 받는 것 같다는 것이 그 이유였다. 다행히 상현은 그런 생각을 가지고 있지 않은 것 같았다.

"이번에 경영 마법사, 연중했다고 했지?"

"네. 제가 좋아서 쓰는 거라곤 하지만 반응이 너무 없으니까 도저히 완성하지 못할 것 같아서요."

유료 연재를 하는 작가들은 연중이나 삭제를 하는 경우가 거의 없었지만, 무료 연재 작가들은 조금만 인기가 없거나 유료 연재에 진출할 미래가 보이지 않으면 삭제나 연중하는 경우가 많았다

연중이나 삭제를 하면 페널티가 있는 유료 연재와는 달리, 무료 연재는 페널티가 없었다. 그래서 무료 연재에서 연중이나 삭제가 많은 것이다.

"내가 오늘 스토리랑 설정 하나 짜서 줄게. 그대로 한번 써 봐."

"아, 최선을 다할게요."

규현의 말에 상현이 두 눈을 빛내며 대답했다. 상현에게 줄 스토리를 짜려고 키보드를 두드리던 규현은 자신을 향해 쏟아지는 시선들을 느끼고 고개를 들었다. 먹는 남자가 규현을 힐끔거리고 있었고 지석과 현지가 대놓고 시선을 보내고 있었다.

"아."

그제야 규현은 다른 사람들을 잊고 있었다는 것을 깨달았다.

"다른 분들 원고도 차근차근 봐드릴게요. 제 몸이 여러 개가 아니니까, 조금만 기다려 주세요."

그러자 따가운 시선이 물러갔다.

"후우!"

규현은 한숨을 내쉬며 상현에게 줄 작품을 쓰기 시작했다. 키보드를 두드리는 소리만 울리는 조용한 사무실. 이따금씩 커피를 좋아하는 칠흑팔검이 탕비실을 왕복하는 소리와 먹는 남자가 가끔 숨겨둔 초콜릿을 먹는 소리만이 고요한 침묵에 조미료처럼 곁들여졌다.

30분쯤 지났을까? 규현은 초반 스토리와 프롤로그에 필요한 설정을 완성할 수 있었다. 일단 프롤로그만 써서 스탯을 확인할 생각이었다. 스탯이 괜찮으면 나머지 스토리와 설정을 완성하여 상현에게 전달할 예정이었다.

'확인해 볼까.'

규현은 속으로 내심 기대하며 비밀글로 프롤로그를 올린 작품의 스탯을 확인했다.

[사우스 나이트]
분류: 퓨전 판타지.
종합 등급: D.
30일 뒤 예상 24시간 구매 수: 230.

생각보다 낮은 등급에 규현은 눈살을 찌푸리며 망설임 없이 힘들게 쓴 스토리와 설정 들을 '보류 작품' 폴더에 넣었다. 그리고 다시 스토리와 설정을 짜기 시작했다. 이윽고 또 하나의 프롤로그를 완성한 그는 스탯을 확인했다.

[철혈 헌터의 전설]
분류: 현대 판타지.
종합 등급: B.
30일 뒤 예상 24시간 구매 수: 2,000.

최하위이긴 하지만 종합 등급이 B급인 작품을 만드는 것에 성공했다. 규현은 추가로 스토리 라인과 설정을 완성한 뒤 상현의 이메일로 문서를 전송했다.

"전송했다. 확인하고 문학 왕국 계정에 비밀글로 프롤로그 올려."

"옙!"

상현의 힘찬 대답이 들려왔다. 그가 프롤로그를 쓰는 동안 규현은 먹는 남자가 연습 삼아 쓴 글을 읽었다. 먹는 남자에게 짧은 감상평을 보내주자 상현도 프롤로그를 완성했다는 사실을 전했다.

"비밀글 설정해서 올렸지?"

"옙!"

"확인해 볼게."

규현은 문학 왕국에 들어가 상현의 계정에 접속했다. 그리고 철혈 헌터의 전설의 스탯을 확인했다.

[철혈 헌터의 전설]

분류: 현대 판타지.

종합 등급: D.

30일 뒤 예상 24시간 구매 수: 250.

최하위긴 하지만 B급이었던 철혈 헌터의 전설이 두 단계나 내려간 D급이 되어 있었다.

'잠재력을 초과하는 작품은 하향 조정 되는 것인가.'

규현은 두 눈을 가늘게 뜨고 프롤로그를 읽었다. 같은 스토리와 설정이었지만 규현이 썼던 것과는 달랐다. 한눈에 보기에도 재미가 덜했다. 규현은 한 가지 더 실험을 하고 싶었다.

상현 보고 자신이 썼던 것을 똑같이 따라 써보라고 하고 그 결과를 보고 싶었지만, 그것은 상현에게 상처를 줄 수도 있기 때문에 조용히 생각을 접었다.

"어떤 것 같아?"

"경영 마법보다 훨씬 재밌는 것 같은데요?"

상현의 말에 규현은 고개를 끄덕였다.

"그럼 이 작품으로 가자. 그리고 칠흑팔검 작가님."

"예. 말씀하세요. 수호자 작가님."

댓글을 살펴보고 있던 칠흑팔검은 규현의 부름에 고개를 들어 규현을 보며 대답했다.

"앞서 말씀드렸다시피 제가 오늘은 회의에 참석하지 못할 것 같습니다. 작가님이 저 대신 잘 좀 이끌어주세요."

오늘 규현은 기사 이야기의 웹툰화를 맡은 웹툰 작가와의 미팅 일정이 잡혀 있었다.

"그렇게 하겠습니다."

"감사합니다."

규현은 대답과 함께 짐을 챙기기 시작했다. 노트북을 가방에 넣고 외투를 걸쳤다. 그리고 가볍게 손을 흔들며 사무실을 나섰다.

"수고하셨습니다!"

"안녕히 가세요!"

뒤늦게 들려오는 인사를 들으며 규현은 약속 장소로 향했다. 금진 빌딩 주차장에서 차를 몰고 나온 규현은 약속 장소로 향했다. 약속 장소인 카페에 도착하자 먼저 와서 기다리고 있는 창석의 모습을 볼 수 있었다. 일 때문에 몇 번 만난 적이 있었기 때문에 창석의 얼굴을 알고 있었다.

"작가님!"

규현을 발견한 창석이 환한 얼굴로 손을 흔들었다. 규현은 창석과 거리를 좁혔다.

"일찍 오셨네요. 아직 약속 시간까지 20분 정도 남았는데."

"일찍 일찍 다니는 게 좋을 것 같아서요. 다들 싫어하지 않더라고요."

창석의 말에 규현은 고개를 끄덕였다. 확실히 약속 장소에 먼저 나와서 기다리는 성실한 사람을 싫어하는 경우는 많이 없을 것이다.

"자세한 내용은 전달받지 않았는데, 웹툰 작가님은 누구시죠?"

규현의 질문에 창석은 손으로 이마를 때렸다.

"아이고, 내 정신 좀 봐. 워낙 바빠서……. 죄송합니다, 김기준 작가님이십니다."

"김기준 작가님이요?"

창석의 말에 규현의 눈이 동그랗게 뜨였다. 김기준 작가는 웹툰을 자주 보지 않는 규현도 들어본 적 있는 유명한 작가였다. 그는 웹툰 '달의 호수'와 '태양의 성' 같은 나이버에서 유명한 판타지 웹툰을 완결한 유명한 웹툰 작가였다.

"저기 오시네요. 작가님, 여기예요!"

창석이 손을 흔들었다. 그의 시선이 향하는 곳으로 고개를 돌리니, 가벼운 외투를 걸치고 뿔테 안경의 단정한 차림의 30대 중반 남자가 천천히 걸어오고 있었다. 김기준 작가가 확실했다. 규현도 TV에 나온 모습을 봤기 때문에 알 수 있었다.

"반갑습니다. 김기준이라고 합니다."

"반갑습니다. 수호자입니다."

"안녕하세요. 신창석입니다. 다들 안으로 들어가시죠."

창석이 먼저 말을 꺼내며 카페 문을 열었다. 규현과 기준이 카페 안으로 들어가자 창석도 문을 닫고 따라 들어왔다.

"두 분, 어떤 걸로 주문할까요?"

창석이 지갑을 꺼내며 물었다.

"아이스티로 부탁합니다."

"저는 레모네이드요."

규현은 자주 마시는 아이스티를 부탁했고 기준은 레모네이드를 주문했다. 창석이 주문을 하는 사이, 규현과 기준은 자리를 잡았다. 이윽고 창석이 아이스티와 레모네이드, 그리고 아메리카노를 가지고 와 테이블에 놓았다.

"기사 이야기, 읽어봤습니다. 정말 재밌더군요."

"저도 '달의 호수'와 '태양의 성'을 재밌게 봤습니다."

규현은 웹툰을 자주 보지 않은 편이었지만 나이버에서 유명한 판타지 장르의 웹툰인 달의 호수와 태양의 성은 본 적이 있었다. 그 두 작품은 너무 재밌어서 본 순간, 그 자리에서 최신화까지 다 읽었고 그 이후로 매주 꼬박꼬박 챙겨 봤었다.

규현이 볼 때 김기준의 그림체는 판타지라는 장르에 특화되어 있었다. 특히 그는 배경을 판타지 분위기에 맞게 잘 그리는 작가였다.

"저는 처음 김기준 작가님이 기사 이야기의 웹툰화를 맡아주셨다고 들었을 때 얼마나 기뻤는지 모릅니다."

규현의 말에 기준은 미소를 지으며 입을 열었다.

"사실 저도 기사 이야기를 읽은 순간, 언젠가 웹툰으로 만들어진다면 제가 꼭 그리고 싶었습니다. 그래서 나이버 웹툰에서 제게 연락이 왔을 때, 바로 수락했습니다."

기준의 말은 거짓말이 아니었다. 그는 기사 이야기를 꽤 재밌게 읽었고, 웹툰으로 만들어보고 싶다는 생각을 가지기도 했다.

"편집자님, 매니지먼트와 나이버는 어디까지 이야기가 진행되었습니까?"

기준과 간단한 이야기를 나누던 규현이 옆에 앉은 창석을 향해 시선을 옮기며 물었다.

"작가님이 승낙하신 이후, 일은 빠르게 진행되었습니다. 계약서는 이미 오고 갔고 이제 작품에 대한 논의만 남겨두고 있습니다. 지금 여기서 간단하게 논의를 하시면 될 것 같습니다."

규현이 수락한 순간부터 나이버와 파란책을 신속하게 협상하여 계약서를 작성했다. 파란책은 나이버에 기사 이야기 웹툰화를 허락해 주는 대신, 대대적인 홍보를 요청했고 나이버는 이를 수락했다. 뿐만 아니라 나이버 웹툰 최고의 작가 중 한 명인 김기준까지 동원했다.

기사 이야기는 장르 소설에 큰 관심이 없는 독자들까지 끌어들이는 마성의 소설이었다. 나이버는 그것을 높이 평가하고 있었고 대중성이 있다고 판단했다. 웹툰으로 만들었을 때, 충분히 성공할 것이라 판단했기에 투자를 하는 것이었다.

"일단 제가 캐릭터 초안을 그려 왔습니다."

기준은 서류 가방에서 종이 세 장을 꺼내 테이블 위에 올려놓았다. 두 장은 여자가 그려져 있었고 한 장은 갑옷을 입은 잘생긴 남자가 그려져 있었다.

"파비앙와 제니아, 그리고 세리아네요."

기사 이야기를 쓴 작가답게 규현은 기준이 그려온 캐릭터들이 누구인지 바로 맞추었다. 중세 시대 배경의 영화에서 익숙하게 볼 수 있는 갑옷을 입고 있는 잘생긴 남자는 기사 이야기의 주인공 파비앙이었고, 수수한 차림의 여자는 그의 소꿉친구 제니아였다. 마지막으로 고급스러운 옷차림의 여자는 황녀 세리아였다.

"역시 한눈에 알아보시네요."

"와아."

기준은 미소를 지었고, 창석은 기준이 그려온 캐릭터 초안을 보며 감탄했다.

"어떠십니까?"

그렇게 묻는 기준의 눈동자가 빛났다. 규현은 세 장의 캐릭터 그림을 조금 더 자세히 살폈다. 그러자 본래의 설정과는 조금 다른 부분들이 드러났다.

"전체적으로 상당히 마음에 들지만, 세밀한 부분에서 설정과 다른 면이 있네요."

"아직 초안이라서 부족한 게 많습니다. 알려주시면 수정하죠."

규현의 말에 기준은 상처받지 않고 수정 요청한 부분을 필기하기 위해 작은 수첩과 펜을 꺼냈다. 규현은 손가락 끝으로 파비앙의 얼굴을 가리켰다. 기준은 규현이 가리키는 곳을 주목했다.

"파비앙의 표정이 너무 순해 보여요. 부드러운 카리스마가 자연스럽게 느껴져야 하는데, 그냥 순한 강아지 같은 느낌입니다."

기준은 규현의 지적을 수첩에 열심히 기록했다. 이번에는 규현의 손가락 끝이 세리아에게 향했다.

"세리아의 눈매는 조금 더 사나웠으면 좋을 것 같습니다."

조금 까다롭게 느껴질 수도 있겠지만 완성도 높은 작품을 만들기 위해선 다소 귀찮은 과정을 밟을 필요가 있었다. 기준도 그것을 잘 알고 있기 때문에 기분 나빠하지 않았다.

"네. 수정하도록 하겠습니다."

기준은 그렇게 대답하며 규현이 지적한 내용을 수첩에 기록했다. 이번에는 규현의 시선이 제니아에게 향했다. 규현은 눈동자를 빠르게 움직여 제니아의 구석구석을 꼼꼼하게 살폈지만 수정할 곳은 없었다.

"제니아는 수정할 곳이 당장은 없는 것 같네요."

"후우, 다행이네요."

규현의 말에 기준은 안도했다. 기사 이야기를 제작하는 게 다른 작품을 그리는 것보다 재밌다고는 하지만 과도한 수정 요청은 아무래도 부담스러웠다.

"그럼 이렇게 수정하는 게 어떨 것 같습니까?"

기준은 수첩에 간단하게 필기한 내용을 규현에게 보여주었다. 간략한 수정 방향에 대해 적혀 있었다.

"이대로 진행해 주시면 될 것 같아요."

기준이 보여준 수정 방향은 완벽하지 않았기 때문에 규현은 펜으로 몇 가지 요청을 더 적은 뒤 그에게 수첩을 돌려주었다.

"흠. 확실히 이 부분은 어색한 것 같지만, 이 부분은 이렇게 하는 게 좋을 것 같습니다."

기준은 대부분 납득했지만 몇 가지는 납득할 수 없는 부분이 있었다. 그는 그 부분을 새롭게 수정해서 규현에게 보여주었다. 규현은 기준이 건넨 수첩을 받아 들고 그가 수정한 부분을 확인했다. 바로 제니아와 세리아의 의상과 관련된 부분이었다.

규현은 노출을 하지 않는 의상을 원했지만, 기준은 적당한 노출이 있는 편이 좋다고 생각하고 있었다. 그렇게 중요한 부분은 아니라고 할 수도 있지만 중요하다고 하면 중요한 부분이었다.

"흠."

규현이 고민하는 모습을 보이자 기준이 입을 열었다.

"작가님, 글로만 표현되는 소설과는 다르게, 웹툰이라는 건 그림으로 표현되기 때문에 보는 맛도 있어야 합니다."

"보는 맛이요?"

"네. 보는 맛이요."

규현이 질문하자 기준은 고개를 끄덕이며 입을 열었다.

"적절한 노출은 여성 독자들에게 불쾌감을 주지 않으면서 남성 독자들을 더욱 끌어모을 수 있습니다."

"여성 독자들도 고려하고 있는 건가요?"

규현이 물었다. 문학 왕국에 여성 독자들이 없는 것은 아니었지만 기사 이야기가 판타지 소설이기에 기사 이야기를 읽는 여성 독자는 그리 많지 않았다.

14장

날개II

"네. 나이버 웹툰에선 웹툰 기사 이야기가 남성 독자층은 물론이고 여성 독자층까지 확보할 것이라 확신하고 있습니다."

기준이 말했다. 규현은 등받이에 몸을 살짝 기대었다. 처음 듣는 이야기였다. 창석을 향해 시선을 옮기자 뭔가를 필기하고 있던 그가 입을 열었다.

"기사 이야기에는 로맨스 요소가 기존의 판타지 소설보다 진하게 나타나 있죠. 로맨스 판타지라고 하기엔 한참 부족하지만 웹툰화를 하면서 이 로맨스 요소를 남성 독자들이 불쾌감을 느끼지 않는 선에서 최대한 부각시킬 예정입니다."

기사 이야기는 정통 판타지 소설치고는 로맨스 요소가 진한 편이었다. 로맨스 판타지라고 하기엔 부족하지만 분명 로맨스 요소가 존재했다. 파비앙과 제니아, 세리아의 삼각관계 때문에 기사 이야기를 읽고 있는 고정 여성 독자들도 있을 정도였다.

"그렇게 콘셉트를 잡은 겁니까?"

"네. 나이버 웹툰에선 그렇게 콘셉트를 잡았습니다."

규현의 말에 대답한 이는 기준이었다.

"포인트는 남성 독자층에게 자연스럽게 다가갈 수 있는 가벼운 로맨스, 그리고 여성 독자들이 거부감을 느끼지 않을 정도의 노출입니다."

기준이 설명했다. 규현은 아이스티를 한 모금 마셨다. 남성 독자와 여성 독자를 둘 다 잡는다? 그것은 두 마리 토끼를 잡는 것보다 더 어려웠다. 두 독자층이 원하는 게 다르기 때문이었다.

"쉽지 않을 거라 생각합니다만."

규현의 말에 기준은 고개를 끄덕이며 입을 열었다.

"물론 그렇습니다. 그러니까 조율을 잘 해봐야죠."

"좋습니다. 그럼 다시 시작해 보죠."

규현과 기준은 30분 동안 의견을 조율하여 주인공 캐릭터

3명의 기초 설정을 완성할 수 있었다. 이제 스토리에 대해 논의를 할 차례였다.

규현은 콘티를 제공하지 않는 조건에서 웹툰화를 수락했지만 메인 스토리에 대해서 틀 정도는 잡아줄 필요가 있었다. 그리고 원작에서 너무 엇나가지 않게 감수도 해야 했다. 그것조차 하지 않는다면 1할의 수익 배분도 받지 말아야 했다.

"그럼 이제 스토리에 대해 이야기할 차례죠?"

"예! 그렇습니다!"

규현의 말에 기준이 힘차게 대답했다. 창작의 불꽃이 타오르고 있어서 기운이 넘치는 두 사람과는 다르게 창석은 피곤한 얼굴이었다. 그는 추가로 주문해 가지고 온 아이스 아메리카노를 한 모금 마시며 입을 가리고 몰래 하품을 했다.

"나이버 웹툰의 독자층은 문학 왕국과는 달리 여성이 조금 더 많습니다. 이건 알고 계시죠?"

기준의 물음에 규현은 고개를 끄덕였다. 나이버 웹소설만큼은 아니지만 나이버 웹툰도 여성 독자들이 많은 편이었다.

"그래서 반드시 로맨스 요소를 부각시켜야 합니다."

규현이 고개를 끄덕이는 것으로 동조하자 기준은 신나서 입을 열었다.

"세리아를 짝사랑하는 오리지널 캐릭터를 한 명 등장시키는 게 어떻겠습니까?"

기준의 말에 규현은 눈살을 살짝 찌푸렸다. 오리지널 캐릭터가 등장하면 스토리 라인을 많이 손봐야 하기 때문에 개인적으로 원하지 않았다. 원작에 등장하지 않는 캐릭터가 등장하면 거부감을 느낄 독자들도 많을 것이다.

"구체적으로 어떤 오리지널 캐릭터를 원하는 것인지 대충 알려주시겠어요?"

약이 될지, 독이 될지 아무도 모르기 때문에 규현은 조심스러웠다. 하지만 약이 될 수도 있기 때문에 우선은 그 캐릭터에 대해 들어보기로 했다. 미리 생각해 온 것인지 기준은 수첩의 페이지를 넘기고는 적혀 있는 것을 참고하여 설명했다.

"아무래도 안 되겠습니다. 메인 스토리에 지장이 갑니다."

기준의 설명을 들은 규현은 고개를 저었다. 오리지널 캐릭터라도 메인 스토리 라인에 지장이 안 가는 수준이면 괜찮겠지만 기준이 생각해 낸 것은 메인 스토리 라인에 큰 지장을 줄 수도 있는 캐릭터였다.

"그렇습니까?"

기준은 조금 실망한 표정이었지만 사회생활 선배답게 실망한 기색을 금세 감추었다.

"하지만 출현 비중을 좀 더 줄이고 몇 가지 설정을 제거하면 등장시켜도 큰 문제는 없을 것 같습니다."

규현의 말에 기준의 표정이 희미하게 밝아졌다. 적당한 타협은 사회라는 톱니바퀴를 원활하게 움직이는 윤활유와도 같았다.

*　　　　　*　　　　　*

[제국 공격기]

분류: 판타지.

종합 등급: A.

30일 뒤 예상 24시간 구매 수: 약 20,000.

"역시 여동생을 죽이지 말았어야 했나."

현지가 보낸 제국 공격기 프롤로그를 비밀글 설정하여 올리고 스탯을 확인한 규현이 혼잣말을 중얼거렸다. 열쇠는 주인공 루드의 여동생이었다. 현지는 프롤로그에서 계속 그녀를 죽였었다.

반면 문학 왕국 독자들은 이상할 정도로 여동생을 좋아했다. 여동생이 계속 죽임을 당하는 게 구매 수 하락의 원인이라고 생각한 규현은 과감하게 개연성을 포기하고 여동생을 살릴 것을 조언했고 현지는 받아들였다.

혹시나 싶었지만 역시나였다. 개연성에 조금 문제가 있고 말이 안 되지만 여동생이 서부 군주 연합에 납치되었지만, 죽지는 않는 방향으로 전개했다. 그리고 루드가 특수 부대와 함께 그녀를 구출하면서 제 3군주를 죽이는 장면을 프롤로그에 넣으니, 예상 구매 수가 비약적으로 상승했다.

"루드가 특수 부대와 함께 적진에 침투해서 다 죽이고 여동생 데리고 나오는 건 확실히 말이 안 된다고 생각하는데요."

현지가 불평하듯 말했다. 규현은 다 마신 피로회복제를 휴지통에 던져 넣은 후, 현지를 향해 시선을 옮겼다.

"확실히 말이 안 되는 부분이긴 하지만, 독자들은 자기가 보고 싶은 것을 보게 되면 그 주변은 안개 낀 것처럼 희뿌옇게 변해."

"확실히 그건 그렇죠."

규현의 말에 현지는 긍정했다. 독자들은 보고 싶은 것을 볼 때는 관대해지는 면이 있었다.

"비축분을 충분히 쌓고 6월부터 연재를 시작하면 되겠다. 미리 말해두겠지만, 반응이 좋으면 다른 출판사와 매니지먼트와는……."

"계약하지 마라, 이거죠? 알고 있어요. 그건 그렇고, 이제 계속 쓰면 되죠? 프롤로그만 쓰고 지우는 거 너무 많이 해서 미치는 줄 알았어요."

프롤로그만 쓰고 지우는 것을 반복한 게 정신적인 스트레스를 가져온 모양이었다.

"이제 비축 분량을 만들면 돼. 그리고 충분히 쌓이면 6월부터 연재를 시작해."

그 말에 현지는 고개를 끄덕였다. 그리고 바쁘게 손가락을 움직이기 시작했다. 규현은 폴더에 문서 파일을 정리한 뒤, 먹는 남자를 향해 시선을 옮겼다.

"먹는 남자 작가님."

"예?"

작법서를 읽고 있던 먹는 남자가 책을 덮으며 대답했다.

"제가 스토리와 설정 짜주는 거 어떻게 생각하세요?"

"음, 괜찮을 것 같은데요?"

"그럼 제가 나중에 플롯를 드리겠습니다."

"감사합니다."

먹는 남자의 대답을 들은 규현의 시선이 지석에게 향했다. 규현의 시선을 느낀 지석은 단호한 표정으로 천천히 입을 열었다.

"그건 제 글이 아니라고 생각합니다."

긍정적인 반응을 보인 먹는 남자와는 달리 지석은 부정적이었다.

"그렇군요. 잘 알겠습니다."

규현은 고개를 끄덕이며 대답했다. 지석의 말도 틀리지 않았고 충분히 기분 나빠할 만한 제안이었다. 지석의 입장에서 볼 때, 글 공장 취급을 받았다고 생각할 수도 있을 것이다.

"그래도 원고가 완성되면 저한테 보내주세요. 제가 읽고 상업성을 확인해 드릴 수는 있으니까요."

"물론 그렇게 할 겁니다."

지석은 흔쾌히 대답했다. 칠흑팔검의 2위 탈환을 지켜봤기 때문에 규현의 능력을 인정하고 있었다.

"그리고 상현아."

"네."

"비축 분량은 충분히 확보했어?"

규현의 질문에 상현은 문서 정보를 클릭하여 비축분의 양을 확인했다. 많은 양은 아니었지만 지금 당장에라도 연재를 시작할 수 있는 양이 비축되어 있는 것을 상현은 확인할 수 있었다.

"당장 연재해도 될 것 같은데요?"

"어느 정도 확보했는데?"

상현은 규현에게 비축된 분량을 말했고 규현은 눈살을 찌푸렸다. 상현이 확보한 분량은 당장 연재를 할 수 있을 정도긴 하지만 안정적이진 않았다. 조금 더 확보할 필요가 있었다.

"그 정도로는 안 돼. 조금 더 확보한 다음에 연재하자. 너도 6월 초에 연재하는 게 좋겠다."

"옙!"

규현의 말에 상현은 조금 실망했지만 힘차게 대답했다.

"회의 시간이네요."

칠흑팔검이 안경을 살짝 올리며 말했다. 그러자 규현은 시간을 확인했다. 칠흑팔검의 말대로 회의 시간이 되었다.

"회의실로 이동해 볼까요?"

규현이 말했다. 그 말에 앉아 있던 사람들도 각자 노트북을 들고 작은 회의실로 이동했다. 회의실에는 큰 테이블이 있었고, 거기에 여러 개의 의자가 있었다.

모두 자연스럽게 의자에 앉아 노트북을 열었다. 서로의 글을 감상하고 고칠 부분을 의논하는 것으로 회의가 시작되었다.

"먹는 남자 작가님에겐 어떤 글이 어울릴지 간단하게 이야기 해볼까요?"

규현은 먹는 남자에게 미리 양해를 구하고 말했다.

"먹는 남자 작가님은 문장이 조금 무겁네요. 한데 정통 판타지로 가기엔 너무 가볍고, 현대 판타지로 하기엔 조금 무겁습니다. 차라리 현대 판타지로 하고 조금 무거운 분위기를 잡는 게 좋을 것 같네요."

의견이 오고 가는 가운데, 칠흑팔검이 먼저 목소리를 냈
다. 규현은 먹는 남자의 습작을 다시 한번 훑어보았다. 칠흑
팔검의 말대로 문장이 무거웠다. 그렇다고 해서 정통 판타지
를 쓸 정도로 무겁진 않았다. 현대 판타지와 정통 판타지 중
에 선택해야 한다면 현대 판타지로 선택해야 할 것이다.

먹는 남자가 썼던 작품은 기동요새 라 필리어스라는 것으
로 정통 판타지였다. 처음부터 그와는 어울리지 않는 장르였
을지도 모른다.

"칠흑팔검 작가님의 말씀대로 조금 무거운 분위기의 현대
판타지를 베이스로 하는 게 좋겠군요."

규현은 잊지 않기 위해서 수첩에 기록했다.

"먹는 남자 작가님, 현대 판타지 쓸 수 있겠어요?"

규현은 먹는 남자에게 질문했다. 정통 판타지를 쓰는 작가
중에선 현대 판타지를 쓰는 것을 내켜 하지 않는 작가도 있
었다.

"한번 써볼게요."

먹는 남자는 비장한 각오가 느껴지는 눈빛으로 대답했다.
그도 인기 작가가 되고 싶었다. 하루라도 빨리 비인기 작가에
서 벗어나고 싶었다. 그럴 수만 있다면 어떤 장르라도 도전해
볼 각오가 되어 있었다.

"그럼 현대 판타지로 할게요."

먹는 남자가 고개를 끄덕였고 규현의 시선이 지석에게 향했다.

"혹시 프롤로그 준비하신 거 있나요?"

"예. 두 작품 준비했는데, 혹시 몰라서 3편 분량을 더 썼습니다. 지금 모두에게 메일로 보내 드리겠습니다."

지석이 마우스를 움직여 메일을 보냈다.

"저는 계정을 알고 있으니까, 그냥 비밀글로 올려주시면 돼요."

사실 프롤로그만 있어도 스탯을 볼 수는 있지만 규현은 크게 내색하지 않았다. 메일을 받은 사람들은 문서 작성 프로그램을 열고 지석이 보낸 작품 2개를 읽기 시작했다. 규현도 한번 정독했다. 그리고 스탯을 확인했다.

[푸른 번개의 계약자]
분류: 현대 판타지.
종합 등급: D.
30일 뒤 예상 24시간 구매 수: 약 290.

[레이드 용사]
분류: 현대 판타지.

종합 등급: C.

30일 뒤 예상 24시간 구매 수: 약 800.

푸른 번개의 계약자는 악마와 계약한 주인공의 이야기였고, 레이드 용사는 흔한 레이드물이었다. 둘 다 현대 판타지였는데, 스탯은 그렇게 높지 않았다. 푸른 번개의 계약자는 너무 마이너한 취향이었고, 레이드 용사는 무난했지만 너무 무난해서 문제였다.

흔하디흔한 소재를 썼는데, 다른 작품들과 차별화된 개성이 없었다. 다른 작품들에 비해서 조금만 다른 뭔가가 있으면 종합 스탯 B급도 노릴 수 있을 것 같았다.

"이거 두 개 합치면 재밌을 것 같은데요?"

상현의 말에 규현은 고개를 끄덕였다. 흔하디흔한 레이드물인 레이드 용사에 마이너한 푸른 번개의 계약자를 적절하게 섞어 넣으면 다른 레이드물과는 조금 다른 작품이 탄생하게 될 것이다.

"오히려 이상해질 것 같은데요."

지석은 다소 부정적인 반응을 보였지만 규현은 확신했다. 이건 섞어야 한다고.

"제 생각도 섞는 게 좋을 것 같아요. 메인 세계관과 스토리 라인은 레이드 용사로 하고 푸른 번개의 계약자에선 쓸 만한 설정만 가져오도록 하죠."

메인 대부분의 독자들에게 익숙한 세계관과 스토리를 따르고 있는 레이드 용사로 하는 게 좋을 것 같았다. 푸른 번개의 계약자는 설정은 독특하고 참신했지만 세계관과 스토리가 너무 마이너했다. 독특한 설정과 참신함이 아니었으면 D급이 아니라 E급 판정을 받았을 것이 분명했다.

"다른 분들의 생각도 수호자 작가님과 비슷하신가요?"

지석은 다른 작가들의 의견을 물었다.

"전 잘 모르겠네요."

"저도 그렇게 생각해요."

"저 또한 그렇습니다."

현지는 어색한 미소를 머금은 채 고개를 저었고 먹는 남자와 칠흑팔검은 긍정했다. 묵묵히 자신의 길을 걷는 것을 좋아하는 지석이었지만 섞는 게 좋을 것 같다는 의견이 많으니 그도 고민이 되는지 등받이에 몸을 기대고 고민했다.

"한번 섞어보도록 하겠습니다. 조언 부탁합니다."

회의는 두 작품을 어떻게 섞는 게 좋을까? 라는 주제로 20분 정도 더 진행된 뒤에서야 끝났다. 칠흑팔검과 먹는 남자, 그리고 지석은 회의가 끝나기 무섭게 사무실을 나섰고 규현은 써야 할 게 남아 있었기 때문에 사무실에 남았다.

기사 이야기와 그 남자의 할리우드 이야기가 완결을 앞두고 있었기 때문에 쓸 것도 많았고 수정할 것도 많았다. 규현이 남으니 현지는 자동으로 따라 남았고, 상현도 오늘은 더 쓰고 싶은 것인지 같이 남아서 열심히 키보드를 두드렸다.

"히잉."

현지는 규현과 둘이서 사무실을 나서고 싶었다. 그래서 상현에게 눈치를 줬지만, 상현은 원고에 집중하고 있어서 눈치채지 못했다. 1시간 정도 시간이 더 지나서야 상현과 규현은 글쓰는 것을 끝냈다. 세 사람은 사무실을 나와 저녁을 먹은 뒤, 흩어져 각자의 집으로 돌아갔다. 집에 들어간 규현은 그동안 누적된 피로가 몰려오는 것을 느끼고 일찍 잠에 들었다.

다음 날 아침이 찾아왔다. 금요일인 오늘은 마침 공강이었기 때문에 아침 일찍 사무실에 출근할 수 있었다.

"빨리 오셨네요."

나름 일찍 출근한다고 했지만 부지런한 칠흑팔검이 먼저 출근해서 글을 쓰고 있었다. 규현은 자신의 책상으로 발걸음을 옮겼다. 책상 위에 노트북을 올려놓고 전원을 켰다. 그리고 칠흑팔검을 보며 입을 열었다.

"칠흑마검기는 어때요?"

"덕분에 잘나가고 있습니다. 작가 정현수는 계속 3위를 유지하고 있어요."

중요한 스토리는 대충 가닥이 잡혔기 때문에 스토리 교정은 당분간 필요 없었다. 교정, 교열이야 매니지먼트에서 알아서 하고 있으니, 봐줄 필요도 없고 말이다.

"안녕하세요!"

사무실 문이 열리고 화사한 옷차림의 현지가 사뿐사뿐 걸어 들어왔다. 그녀도 금요일이 공강이었기 때문에 아침 출근이 가능했다. 졸업생인 상현도 얼마 지나지 않아서 사무실 문을 열고 들어왔다.

"좋은 아침입니다!"

"왔어?"

힘찬 목소리로 인사를 하며 들어오는 상현을 규현이 반겼다. 마침 그에게 물어볼 것이 있어서 기다리고 있었다.

"알아봐 달라고 한 건 알아봤어?"

규현의 질문에 상현은 규현과의 거리를 좁히며 입을 열었다.

"형, 제가 알아보니까 자본금이 10억 원 미만이면 1인 법인 설립도 가능하다고 하네요. 다만 대표이사 직함을 사용할 수가 없다네요."

"그거야 문제없지. 너도 취임 인원에 넣을 거니까. 나는 사장, 너는 뭐… 일단 직책은 차근차근 생각해 보자. 그래, 필요한 서류는?"

상현은 스마트폰을 꺼내 메모장을 켰다. 메모장에 메모를 해둔 것을 확인하려는 것이었다.

메모장을 확인한 상현은 필요한 서류를 설명했다.

상현의 설명에 규현은 눈살을 찌푸렸다. 경영학과인 상현에게 있어서는 조금 익숙할지도 모르겠지만 규현에게는 너무나 낯선 단어들이었다.

"생각보다 절차는 까다롭지 않아요. 문제는 그 이후죠."

"그 이후가 문제라는 말이군."

15장

날개 Ⅲ

　규현이 중얼거렸다. 상현은 매니지먼트를 설립하고 난 이후를 걱정하고 있는 것 같았지만 규현은 크게 걱정이 되지 않았다. 자신이 가지고 있는 능력을 활용한다면 절대로 손해 보는 장사는 하지 않을 자신이 있었다.

　"좋은 아침입니다."

　"안녕하세요."

　문이 열리고 먹는 남자와 지석이 걸어 들어왔다. 두 사람은 각자 자신의 자리를 찾아가 앉았다.

　"다음에 계속해서 이야기하자."

"예."

상현도 현지의 옆에 위치한 그의 책상으로 이동했다. 사무실엔 침묵이 내려앉고 키보드를 두드리는 소리만 들려온다. 규현은 전날 밤, 집에서 밤새 고민한 끝에 완성한 B급 작품의 스토리와 설정이 담겨 있는 문서 파일을 먹는 남자에게 메일로 보냈다.

"먹는 남자 작가님, 스토리와 설정 보냈으니까 비밀글 설정해서 프롤로그 올려보세요."

"알겠습니다."

먹는 남자는 마우스를 움직여 메일함을 열었다. 규현에게서 온 메일이 한 통 있었다. 열어보니 문서 파일이 첨부되어 있었다. 그는 문서 파일을 열어 스토리 라인과 설정을 확실하게 기억하기 위해 노력했다.

어느 정도 스토리 라인과 설정에 익숙해진 뒤에서야 그는 프롤로그를 적기 위해 키보드를 바쁘게 두드리기 시작했다. 그런 그의 모습을 흐뭇하게 지켜보던 규현은 지석을 향해 시선을 옮겼다.

"유지석 작가님, 차기작 준비는 어떻게 진행되고 있나요?"

"프롤로그 거의 다 써갑니다. 곧 비밀글로 올리겠습니다."

지석이 대답했다. 하지만 프롤로그는 먹는 남자가 먼저 올렸다.

"올렸습니다. 수호자 작가님, 확인해 주세요."

먹는 남자가 말했다. 규현은 대답 대신 고개를 끄덕이며 먹는 남자 계정으로 문학 왕국 접속해서 서재에 들어갔다. 그리고 스탯을 확인했다.

[기동 마장기 타이탄]

분류: 현대 판타지.

종합 등급: B.

30일 뒤 예상 24시간 구매 수: 약 6,000.

규현이 프롤로그를 썼을 때 예상 구매 수는 7,000 정도였다. 그에 비하면 구매 수가 조금 낮아지긴 했지만 먹는 남자의 다른 작품을 생각해 볼 때 이 정도면 대성공이었다.

기동 마장기 타이탄은 괴수가 등장하는 현대 판타지로, 괴수를 사냥하는 역할에 헌터 대신 기동 마장기 타이탄과 그것을 조종하는 라이더를 넣은 작품이었다.

전체적인 분위기는 조금 어두웠지만 현대 판타지 특유의 가벼움이 있어서 진지하게는 읽되, 심각하게 읽히지는 않았다. 규현은 적당히 무게가 있는 문장을 구사하는 먹는 남자에게 잘 어울리는 작품이라고 생각했다.

규현은 모니터에서 먹는 남자에게로 시선을 옮겼다. 그는 긴장한 표정으로 규현의 입이 열리기를 기다리고 있었다.

"이대로 쓰면 될 것 같습니다."

"후우!"

그동안 규현에게 많이 시달렸던 탓인지 그의 허가가 떨어지기 무섭게 먹는 남자는 안도의 한숨을 내쉬었다.

"그리고 2권부터는 제가 스토리를 써드리지 않습니다. 저는 보조만 하겠습니다."

"네?"

규현의 말에 먹는 남자는 두 눈을 동그랗게 떴다. 그의 얼굴에 당황한 기색이 역력했다.

"1권은 상당히 중요하니까 제가 써드렸습니다만, 2권부터는 직접 쓰시는 게 좋을 것 같아요."

장르 소설에 있어서 1권은 아주 중요했다. 특히 1권에서도 초반부가 가장 중요하다. 많은 독자들이 1권 초반부를 보고 작품을 평가한다. 그리고 하차할 것인지, 아니면 계속 읽을 것인지 그것을 결정한다. 그래서 보통 출판사나 매니지먼트, 그리고 작가가 가장 많이 신경 쓰는 부분이 1권 초반부다.

"틀린 말씀은 아니지만… 조금 긴장되네요."

먹는 남자는 힘없는 목소리로 말했다. 차기작의 미래에 대한 불신. 보통 한 작품 이상을 말아먹은 작가들이 주로 보이는 모습이었다.

"힘내세요. 자신을 믿고 전진하세요."

규현이 밝은 목소리로 먹는 남자를 응원했다. 그는 먹는 남자의 심정을 잘 이해하고 있었다. 불과 얼마 전까지만 해도 규현 또한 비인기 작가였으니까, 비인기 작가들의 심정을 누구보다 잘 이해하고 있었다.

"제가 잘할 수 있을지 모르겠네요."

규현의 응원에도 불구하고 먹는 남자는 쉽게 자신감을 되찾지 못했다. 그 모습에 규현은 속으로 한숨을 내뱉었지만, 이것은 작품이 인기를 얻기 시작하면 해결될 문제였다. 문제는 부담감이었다.

전 작품을 말아먹은 작가일 경우 신작을 연재했을 때, 그것이 많은 인기를 얻으면 엄청난 부담감에 시달리게 된다. 매일 최신 화를 연재할 때마다 댓글 반응을 신경 쓰게 되고 갑자기 찾아온 인기가 사실 거품이라서 순식간에 사라질까 봐두려워한다.

규현의 경우엔 부담감을 크게 느끼진 않았지만 먹는 남자는 부담감을 느낄 것 같았다. 미래가 보이진 않았지만, 거의 확실했다.

"걱정 마세요. 초반부부터 상당히 재밌고 프롤로그도 잘쓰셨어요. 몇 편만 올리면 매니지먼트나 출판사에서 쪽지가 올지도 모릅니다."

"정말인가요?"

규현의 말에 먹는 남자의 눈이 반짝였다. 규현은 고개를 끄덕였다. 전자책 같은 경우엔 출간 비용이 거의 없기 때문에 출판사나 매니지먼트들이 다수의 작가를 확보하려는 경향이 있었다. 어느 정도 재미만 있다면 계약 제의 쪽지를 보내는 편이었다.

"수호자 작가님, 비밀글로 올렸습니다."

먹는 남자와의 대화가 거의 끝나갈 무렵, 지석이 비밀글로 프롤로그를 올렸다는 사실을 알렸다.

"지금 확인해 볼게요."

규현은 지석의 계정으로 문학 왕국에 접속하여 서재에 들어갔다. 그리고 비밀글로 올라온 프롤로그를 읽었다. 프롤로그를 보니 지석이 규현과 칠흑팔검의 조언대로 레이드 용사의 세계관에 푸른 번개의 계약자의 설정을 추가한 것을 확인할 수 있었다.

프롤로그를 읽어보니, 가볍게 읽히고 재밌었지만 뭔가 고칠 게 있어 보였다. 그리고 중요한 것은 스탯이었다. 규현은 마우스를 움직여 스탯을 확인했다.

[레이드 계약자]
분류: 현대 판타지.

종합 등급: B.

30일 뒤 예상 24시간 구매 수: 약 2,000.

결과는 처참했다. 종합 등급이 하락하진 않았지만 구매 수가 2,000으로 B급에서 최하위권이었다.

"조금 고치면 괜찮을 것 같네요. 오늘 회의 시간에 다 같이 수정해 보도록 하죠."

하지만 규현은 희망을 버리지 않았다. 지석은 분명 A급의 잠재력을 가진 작가였고, 레이드 계약자의 소재도 나쁘지 않았다. 회의 시간에 문제점을 찾아낼 수만 있다면 충분히 예상 구매 수를 올릴 수 있을 것이라 생각했다.

"알겠습니다."

지석은 조금 실망한 표정으로 고개를 끄덕였다. 그러고는 더 이상 할 일이 없는 것인지, 그는 사무실 책장에 꽂혀 있는 작법서를 꺼내와 읽기 시작했다. 시간이 흐르고 회의 시간이 찾아왔다.

"회의 시간이에요."

마침 쉬고 있던 현지가 회의 시간이 되었다는 것을 알리며 먼저 노트북을 들고 회의실로 들어갔다. 키보드를 열심히 두드리고 있던 작가들이 노트북을 들고 회의실로 들어갔다. 모두 들어와 의자에 앉은 것을 확인한 규현은 회의를 진행했다. 주 내용은 지석의 작품인 레이드 계약자의 프롤로그 수정이었다.

"한 문장에 중복 단어가 너무 많아요. 수정이 필요해 보입니다."

칠흑팔검의 날카로운 지적으로 시작해 여러 지적 사항이 나왔다. 규현 역시 적극적으로 참여했고, 그는 회의실에서 모두의 조언을 들으며 프롤로그를 다시 썼다. 그리고 다시 비밀 글로 올렸고 규현은 스탯을 확인했다.

[레이드 계약자]
분류: 현대 판타지.
종합 등급: B.
30일 뒤 예상 24시간 구매 수: 약 4,100.

예상 구매 수가 크게 상승했지만 아직도 조금 부족했다.

"오늘 회의는 조금 늦게 마치도록 하죠."

오기가 발동한 규현은 회의를 늦게 끝낼 것을 선언하며 레이드 계약자에 매달렸다. 그날 회의는 상당히 늦게 끝났지만 레이드 계약자의 예상 구매 수는 결국 5,000을 넘기지 못했다. 그렇게 다음 주 월요일이 되었다.

"다 썼다!"

규현은 자유를 얻은 것처럼 밝은 목소리로 외치며 담당 편집자에게 원고를 보냈다. 기사 이야기와 그 남자의 할리우드 이야기의 마지막 원고였다. 이것으로 두 작품은 완결을 하게 되었다.

"축하해요, 오빠."

"축하드립니다."

현지와 상현을 포함한 작가 사무실 멤버들이 축하 인사를 건넸다. 규현은 입가에 미소를 머금은 채 입을 열었다.

"감사합니다."

"프롤로그 올렸습니다."

축하가 오고 가는 가운데, 지석이 프롤로그를 올렸다는 사실을 전달했고 규현은 그가 올린 프롤로그를 읽었다. 오전에 칠흑팔검이 적극적으로 개인 과외(?)를 해주어서 그런지 상당히 많이 달라져 있었다. 스탯을 확인해 보니, 예상 구매 수도 7,500이었다.

'역시 먼지 쌓인 보석이었군.'

규현은 생각했다. 지석은 먼지 쌓인 보석이었다. 두껍게 쌓인 먼지가 보석이 빛을 발하는 것을 막고 있었지만, 규현과 칠흑팔검이 그 먼지를 닦아주자 찬란하게 빛나기 시작했다. 작가 스탯 A급부터는 천재라고 말할 수 있는 수준이었다.

A급의 작가 스탯을 가지고 있는 지석은 천재라고 말할 수 있는 수준이었고 그가 가진 흡입력은 엄청났다. 마치 물을 빨아들이는 스펀지 같았다.

사실 지석은 규현과 칠흑팔검이 도움을 주지 않더라도, 경험만 조금 더 쌓으면 B급 중상위권의 작품을 만들 수 있을 정도였다. 규현이 조금만 더 늦었더라면 지석은 다른 매니지먼트나 출판사에서 데려갔을지도 몰랐다.

"이대로 가면 될 것 같아요."

"후우, 감사합니다."

규현의 말에 지석은 그제야 굳은 표정을 풀고 안도했다. 규현도 해봤지만 프롤로그만 쓰고 지우는 것을 반복하는 것은 상당한 스트레스를 동반한 정신노동이었다.

"비축분 쌓으면 연재 시작하셔도 될 것 같아요."

규현의 말에 지석은 고개를 끄덕였다. 규현의 시선이 노트북 화면으로 향했다. 그는 6월이 되면서 현지가 연재를 시작한 제국 공격기를 검색했다. 독자들의 반응을 보기 위해서였다. 확인해 보니 이제 3편을 올렸는데, 선작이 벌써 700이었다.

"제국 방어기보단 조금 느리지만 거의 비슷한 속도로 선작이 붙고 있어요."

마침 탕비실에 다녀온 현지는 규현이 자신의 작품을 확인하고 있는 것을 보고 설명했다. 규현은 제국 방어기의 초반부를 지켜보지 않아서 제국 방어기의 초반 성장 속도는 잘 몰랐지만, 제국 공격기의 성장 속도는 확실히 빠른 편이라고 할 수 있었다.

스탯을 확인해 보니, 예상 구매 수도 거의 변하지 않은 것으로 보아 프롤로그 때 잡았던 페이스를 나름 잘 유지하고 있는 것 같았다.

"열심히 해."

"네~"

규현은 현지를 격려했다. 규현의 격려를 받은 현지는 기분이 좋은 것인지 미소를 지으며 자신의 책상으로 돌아갔다. 현지의 작품을 확인한 규현은 이번에는 먹는 남자의 작품을 확인했다.

"흠."

규현은 눈살을 찌푸렸다. 기동 마징기 타이탄은 초반 프롤로그부터 페이스가 흔들리고 있는 것인지 예상 구매 수가 20% 정도 하락해 있었다. 선작은 현재 2편을 올린 상태에서 190으로 많이 느린 편은 아니었다. 하나 빡센 보조가 필요할 것 같았다.

16장

국민 판타지 기사 이야기I

파란책에서 교정을 끝낸 마지막 화 원고가 도착했다. 규현은 기사 이야기와 그 남자의 할리우드 이야기 마지막 화를 올렸다. 그 남자의 할리우드 이야기의 완결에는 크게 아쉬워하는 사람들이 많이 없었지만 기사 이야기는 난리가 났다.

늦가을 풍경: 기사 이야기가 완결이라니, 믿을 수 없소!

탁구공: 커뮤에서 추천글 보고 왔는데, 벌써 완결이네요. 작가님 완결 축하드립니다.

퐁삽: 이제 이거 안 봐도 되겠네.

오크아이: 작가님! 가지 마세요!

한국산 치즈: 차기작도 따라가겠어요!

한재희: 재희는 마법 소녀가 될 거예요! 꺄르륵!

제니아와 세리아, 어느 쪽과도 이어지지 않는 열린 결말을 낸 덕분에 독자들의 반응은 호불호가 갈리지는 않았다. 독자들은 하나같이 기사 이야기 완결을 아쉬워했고 악플러 퐁삽은 방황하는 칼이 되었다. 이제 그는 또 다른 희생양을 찾아 방황할 것이다. 누가 퐁삽에게 찔릴 것인지는 모르는 일이지만 규현은 미리 희생자의 명복을 빌어주었다.

✳   ✳   ✳

찬호는 상진이 찾아왔다는 사실을 주석에게서 보고받고 사무실 내부에 따로 마련된 작가실로 향했다. 작가실의 문을 열고 들어가자 키보드를 두드리고 있는 상진의 모습을 볼 수 있었다.

"작가님!"

"아, 오셨군요."

찬호는 상진의 앞에 앉았다.

"연락도 없이 갑자기 어쩐 일이세요?"

찬호의 말에 상진은 가볍게 눈살을 찌푸렸다.

"제가 찾아온 게 별로 반갑지 않나 봐요?"

"전혀 아닙니다! 저희야 작가님은 언제나 환영입니다."

찬호가 손사래를 치자 상진은 입꼬리를 끌어 올렸다.

"저는 또 차기작 생각이 없다고 그래서 삐진 줄 알았죠."

상진의 말에 찬호는 뜨끔했다. 사실 상진이 차기작 연재를 미뤘을 때 조금 서운한 감정이 들었던 것은 사실이었기 때문이었다.

"이해해요. 감정 상할 수도 있죠."

"아, 작가님, 그런 거 아닙니다."

찬호는 어색한 미소를 흘렸다. 문이 열리고 여직원이 커피를 두 잔 가져와 책상 위에 올려놓았다. 상진은 아이스 아메리카노가 담긴 컵을 입가로 가져가 한 모금 마신 뒤, 입을 열었다.

"오늘 제가 찾아온 이유는 별거 아닙니다. 차기작 계약하러 왔어요."

"네? 저희야 좋지만… 갑자기 마음이 바뀐 이유라도 있으세요?"

상진의 말에 찬호의 눈이 반짝였다. 상진이 차기작을 연재하는 것은 리디스 미디어가 바라는 일이었다. 다만, 갑자기 그의 마음이 변한 이유가 궁금했다. 처음 차기작 이야기를 꺼냈을 때만 해도 상진은 단단한 바위처럼 굳건하게 차기작을 보류했었다.

"신경 쓰이는 작품 하나가 완결났거든요."

"그렇군요."

상진의 말에 찬호는 고개를 끄덕였다. 그는 자세한 설명을 하지 않았지만 찬호는 상진이 신경 쓰인다는 작품이 무엇인지 짐작할 수 있었다. 1세대 작가인 상진이 신경 쓸 정도로 영향력 있으면서 최근에 완결한 작품은 하나밖에 없었다.

바로 규현의 기사 이야기다. 최근 완결한 인기작 중에선 현지의 제국 방어기도 있었지만, 상진은 제국 방어기 완결 후에도 차기작 연재를 보류했었다. 정황상 규현의 기사 이야기밖에 없었다.

"차기작은 준비하신 건가요?"

"물론이죠. 비축분도 쌓여 있습니다."

상진이 대답했다. 그는 차기작 연재를 보류한 것이지 절필 선언을 한 게 아니었다. 꾸준히 글을 쓰고 있었던 것이다.

"좋습니다. 계약서 가져오겠습니다."

찬호는 계약서를 가져오기 위해 의자에서 일어났다. 원고를 읽어보지도 않고 계약서를 가지러 가는 그의 모습에서 상진이 리디스 미디어가 신뢰하는 작가라는 것을 알 수 있었다. 이윽고 찬호가 작가실로 돌아와서 계약서를 책상 위에 올려놨다.

리디스 미디어와는 몇 번 계약을 했기 때문에 상진은 계약서를 대충 훑어본 뒤 필요한 내용을 기입했다.

*   *   *

"이제 스토리와 설정 작업도 거의 끝을 보이네요."

"네."

기준의 말에 규현이 고개를 끄덕이며 대답했다. 그동안 시간이 될 때마다 기준을 만나서 스토리와 설정 등에 대한 이야기를 나누었다. 그렇게 노력한 덕분에 이제 스토리와 설정 작업은 끝을 보이고 있었다.

"벌써 여기까지 왔네요."

규현이 입가에 미소를 그린 채 말했다. 기준도 동조하듯 고개를 끄덕였다. 소설을 쓰는 것과 웹툰 공동 작업은 많이 달랐다. 혼자서 작업하는 게 아닌 만큼 의견 충돌도 가끔 있었지만 큰 탈 없이 여기까지 올 수 있었다.

"마지막으로 조연들 의상만 확인해 주시면 이제 특별히 힘든 일은 없을 겁니다."

그렇게 말하며 기준은 조연들의 의상을 그린 종이 몇 장을 규현에게 건넸다.

"문제없습니다. 진행하셔도 좋을 것 같습니다."

조연들 의상을 검토했지만 설정상 아무런 문제가 없었기 때문에 규현은 진행해도 좋다고 말했다. 기준은 만족스러운 표정으로 고개를 끄덕였다.

"고생 많으셨습니다."

작업을 끝마친 기준과 규현은 자리에서 일어나 가볍게 악수를 했다. 원작자로서 매주 콘티 감수는 하겠지만 공동 작업은 이것으로 끝이었다.

"술이라도 한잔하시겠습니까?"

그냥 헤어지기 아쉬운지 기준은 술자리를 제안했다.

"좋습니다. 제가 마침 근처에서 삼겹살이 끝내주는 식당을 알고 있습니다."

규현도 술을 싫어하지 않기 때문에 흔쾌히 승낙했다. 두 사람은 식당으로 이동해서 술을 마시며 꽤 오랜 시간 동안 대화를 나눈 후에야 각자의 집으로 돌아갔다.

다음 날 규현은 작업 상태가 궁금해 창석에게 전화를 걸었다.

─프롤로그 콘티에 아무런 문제가 없다고 하셨으니, 아마 지금쯤 원고가 완성되었을 겁니다. 내일 정상적으로 업로드 될 것 같습니다.

규현의 담당 편집자인 창석이 말했다. 얼마 전 기준은 규현에게 프롤로그 콘티를 보냈었다. 콘티를 꼼꼼하게 검토한 규현은 아무런 문제가 없다고 판단했고 그대로 진행해도 좋다고 말했었다.

아마 그때부터 기준은 프롤로그 작업에 돌입했을 것이다. 내일 업로드가 될 예정이니 정상적으로 작업을 했다면 지금쯤 작업이 끝나 있을 것이다.

"순위는 어떻게 나올 것 같습니까?"

규현이 질문했다. 나이버 웹툰에선 매일 20개 정도의 웹툰이 연재되고 있는데 요일별 순위라는 게 있었다.

─저도 장담하긴 힘들지만, 기사 이야기의 기본 독자층이 있으니까 15위 안에는 들어갈 수 있을 거라 생각합니다.

"그렇군요."

규현은 살짝 실망한 듯한 목소리로 대답했다. 그는 창석보다는 높은 순위를 예상하고 있었기 때문이었다.

─작가님 너무 실망하지 마세요. 나이버 웹툰에 들어간 것만 해도 상당히 대단한 거예요. 그리고 무엇보다 아직 순위가 나오지도 않았잖아요."

규현의 목소리에 깃든 실망이라는 감정을 잡아낸 창석은 밝은 목소리로 규현을 격려했다. 그의 말대로 순위가 아직 나오지도 않은데다 나이버 웹툰에 들어간 것만 해도 대단한 성과였다.

나이버 웹툰은 대한민국 웹툰계의 정상이었다. 모두가 그곳에 들어가고 싶어 하지만 선택받은 작가들만 입성할 수 있었다. 그래서 나이버 웹툰에서 연재 중인 작가들은 하나같이 괴물들밖에 없었다.

"그렇군요. 일요일인데 죄송했습니다."

—아니에요. 작가님 전화라면 새벽만 제외하고 환영입니다. 새벽에는 저도 자야 하거든요.

"하하하. 네, 감사합니다."

훈훈한 분위기 속에서 창석과의 전화 통화가 끝났다. 규현은 노트북을 구매하면서 글을 쓸 때는 잘 사용하지 않게 된 컴퓨터를 복잡한 시선으로 보았다. 그러다 한숨을 내뱉으며 노트북을 꺼내 책상에 올렸다.

"차기작을 쓰자. 차기작."

그는 스스로에게 최면을 거는 것처럼 중얼거리며 늦은 시간까지 키보드를 두드렸지만 기사 이야기라는 인기 작품을 만들어낸 탓인지 마음에 드는 작품이 나오지 않았다. 혹시나 싶어서 스탯을 확인해 봤지만 스탯도 모두 하나같이 형편없었다.

"벌써 아침인가."

창문을 통해 따뜻한 햇살이 쏟아졌다. 벌써 아침이었다. 피곤한 눈동자로 스마트폰을 이용해 시간을 확인했다. 슬슬

나갈 준비를 해야 할 시간이었다. 규현은 느린 움직임으로 씻은 뒤, 옷을 대충 챙겨 입고 밖으로 나왔다.

한데 너무 잠이 와서 차를 운전하지는 못할 것 같았다. 그래서 규현은 지하철을 이용해 학교로 향했다. 강의가 시작되기 5분 전에 도착한 규현은 감기는 눈을 억지로 뜨고 있다가, 강의 시작과 함께 졸고 말았다. 그가 정신을 차렸을 땐 연강이 끝나 있었다.

"형, 피곤하신가 봐요? 밤샌 거예요?"

이름도 기억 안 나는 후배가 졸음 가득한 규현의 눈을 보며 물었다. 규현은 고개를 끄덕이며 입을 열었다.

"어쩌다 보니 그렇게 됐다."

그렇게 대답하며 규현은 가방을 챙겨 다른 강의실로 이동했다. 전공 시간에 조금 잔 덕분에 남은 강의들은 졸지 않고 들을 수 있었다. 모든 강의가 끝난 규현은 사무실로 향했다.

"안녕하세요."

문을 열고 들어가니 칠흑팔검과 현지, 그리고 상현과 먹는 남자가 있었다. 그들은 규현을 반갑게 맞이했다.

"유지석 작가님이 안 보이시네요."

늘 오던 사람이 안 보이니, 규현은 궁금한 얼굴로 칠흑팔검에게 물었다. 노트북으로 기사 이야기 웹툰을 보고 있던 칠흑팔검은 규현을 보며 입을 열었다.

"오늘 사정이 있으시다면서 일찍 가셨습니다."

"그렇군요."

규현은 고개를 끄덕이며 자신의 책상으로 이동해서 의자에 앉았다. 그리고 노트북을 열면서 상현을 보고 입을 열었다.

"철혈 헌터의 전설, 연재 시작했지?"

"네, 벌써 세븐 북스에서 쪽지가 왔네요."

상현이 노트북에서 시선을 떼고 고개를 들며 대답했다. 철혈 헌터의 전설은 상현에게 주면서 D급으로 떨어졌지만 빡센 피드백으로 C급으로 올릴 수 있었다. 예상 구매 수도 800으로 꽤 많이 상승한 상태였다.

"세븐 북스는 나와의 약속이 아니라도 거절해야 하는 거 알지?"

규현이 엄격하고 진지한 얼굴로 말했다. 세븐 북스는 장르 소설계에 영향력이 거의 없는 전자책 전문 소규모 출판사였다. 출판사나 매니지먼트를 고르는 건 신중해야 했다. 잘못하면 한 달에 인세로 만 원도 못 받는 사태가 발생할 수 있었다.

"네. 그래서 정중하게 거절했어요."

"잘했어."

상현도 아쉬운 눈치는 아니었다. 규현은 다행이라고 생각했다.

"그러고 보니 오빠, 저도 제국 공격기 오성 북스에서 계약하자고 하네요. 그 외에도 쪽지가 다섯 통 정도 왔어요."

현지는 제국 방어기를 오성 북스와 계약했었다. 아마 그들은 그녀가 당연히 자신들과 다시 계약할 것이라 생각하고 있을 것이다. 하지만 그렇게 되지는 않을 것이다.

"반응을 좀 더 봐야 알겠지만, 지금 속도라면 제국 방어기 정도의 성적을 내는 건 어렵지 않을 거야. 만약 그렇게 되면 어떻게 해야 하는지 알고 있지?"

규현이 두 눈을 날카롭게 빛내며 말했다.

"기획에 오빠가 상당히 많이 참여했으니까요. 그렇게만 된다면 약속을 지킬게요."

"좋아."

규현은 고개를 끄덕였다. 규현은 스탯을 통해 예상 구매 수를 보았다. 제국 공격기는 제국 방어기에 비하면 조금 부족하지만 상당히 괜찮은 성적을 낼 것이다. 분명 현지도 만족할 것이고, 그렇게 되면 곧 차릴 매니지먼트는 송현지(티미)를 확보하게 된다.

"저도 따라가겠습니다. 지금 작품은 이미 계약해 버렸지만, 차기작은 같이하고 싶습니다."

가만히 듣고 있던 칠흑팔검이 문득 말했다. 규현은 대답 대신 그를 보며 미소를 지었다.

"아직 반응은 잘 모르겠지만, 저도 받아주신다면 따라가고 싶습니다."

먹는 남자도 자신감 없는 목소리로 조심스럽게 합류 의사를 밝혔다. 지석은 자리에 없었지만 아마 그도 비슷한 생각을 하고 있을 것이라 생각된다.

"모두 감사합니다. 같이 최선을 다해보죠."

규현의 말에 모두 말없이 고개를 끄덕였다.

"헉!"

새벽까지 글을 쓴 탓에 평소보다 늦게 일어난 규현은 서둘러 컴퓨터를 켰다. 그리고 나이버 웹툰에 접속했다. 어제 기사 이야기 웹툰이 나이버에 연재되었지만 너무 바빠서 미처 확인하지 못했었다.

의자에 앉은 규현은 분주하게 마우스를 움직였다. 이윽고 기사 이야기 웹툰을 찾을 수 있었다. 혹시나 하는 마음에 그는 기사 이야기에 마우스를 가져갔지만 소설처럼 스탯이 보이지는 않았다. 능력은 소설에만 통하는 것 같았다. 그는 살짝 아쉬운 감정을 느끼며 기사 이야기를 클릭했다.

"재밌네."

규현은 감탄했다. 콘티를 미리 봐서 재미가 덜할 것 같다고 생각했었지만 콘티와 본편은 확실히 달랐다. 재미있었다. 판타지 웹툰인 달의 호수, 그리고 태양의 성을 연재하면서 쌓인 기준의 내공이 빛을 발하고 있었다.

규현은 기준과 같이 작업을 하면서 그가 기사 이야기에 대한 이해도가 높다는 것을 느꼈다. 프롤로그를 보니, 기사 이야기의 캐릭터들이 완벽하게 재현되어 있었다.

파비앙과 동료 기사들, 그리고 세리아와 제니아까지. 모두 살아 숨 쉬고 있었다. 살아 숨 쉬는 캐릭터들을 보니, 미소가 절로 그려졌다. 그는 입가에 미소를 머금은 채 스크롤을 조금 더 내려서 댓글을 확인했다.

tjwodnr2323: 문학 왕국에서 봤던 기사 이야기를 이렇게 다시 보니까 너무 반가워요.

fkaek289: 판타지 웹툰의 거장 김기준 작가님과 기사 이야기가 만나니, 이런 멋진 작품이 탄생하는군요!

duddjdlfma90: 별점 10점 드립니다.

댓글도 모두 칭찬 일색이었다. 대부분의 댓글을 확인한 규현은 인터넷에 '웹툰 기사 이야기'를 검색해 보았다. 아직 프롤로그만 올라간 상태라서 많은 게시글이 올라가지 않았을 것이라 생각했지만, 웹툰 작가 기준과 기사 이야기가 워낙 유명해서 그런지 벌써 꽤 유명한 블로거 몇 명이 게시글을 작성해 올린 상태였다.

[문학 왕국의 인기작 기사 이야기! 웹툰으로 다시 돌아오다!]
[판타지 웹툰의 거장 김기준 작가! 이번에는 기사 이야기다!]

게시글의 조회수 또한 높았다. 아직 프롤로그가 업로드된 지 일주일이 지나지 않았기 때문에 요일별 순위에는 올라가지 않았지만 반응이 상당히 좋은 것으로 보아 10위권 진입을 기대해도 좋을 것 같았다. 규현은 가벼운 마음으로 학교로 향했다. 모든 강의가 끝나고 작가 사무실에 도착한 규현은 먹는 남자와 상현의 원고 수정을 도와주었다. 지석의 원고는 칠흑팔검이 봐주었고 현지는 제국 공격기에 집중하고 있었다.

칠흑팔검과 현지는 인기 작가답게 한번 방향을 잡아주니 순항하는 모습을 보여주었지만 먹는 남자와 상현, 그리고 지석은 아직까지 감이 부족해서 그런지 규현이나 칠흑팔검이 나침반 역할을 해주지 않으면 길을 잃고 방황했기 때문에 도움이 많이 필요한 편이었다.

"후우!"

원고 수정을 끝내고 탕비실에서 가져온 피로회복제를 마

신 규현은 지친 몸을 의자 등받이에 기대며 한숨을 내뱉었다. 현지는 그런 그를 보며 키보드를 분주하게 두드리던 손을 멈추고 입을 열었다.

"오빠, 차기작 안 써요?"

현지의 말에 규현은 그제야 차기작을 써야 한다는 것을 깨달았다. 다른 작가들의 작품에 신경 쓰느라 정작 자신의 차기작에 신경을 쓰지 못했다. 얼마 전에 밤을 샜을 때가 마지막으로 차기작 작업을 했을 때였다.

지금까지와는 달리, 소재와 스토리가 잘 떠오르지 않았다. 그래서 짜증이 나서 그동안 다른 작가들의 작품에 집중하는 것을 핑계로 차기작을 외면했는지도 모른다. 하지만 이제 마주해야 했다.

"이제 써야지."

규현은 현지의 말에 대답하며 문서 작성 프로그램을 켰다. 그리고 일단 생각나는 소재를 막 적기 시작했다. 회귀, 차원 이동, 게임 스탯, 갑질 등 요즘 인기 있다고 생각하는 소재를 모두 적었다.

'생각보다 많네.'

막상 정신없이 적고 나니, 독자들의 관심이나 인기를 끄는 소재가 상당히 많았다. 하지만 전부 소설에 넣을 수는 없으니, 적당하게 조합해야 했다. 이것은 중요한 과정 중에 하나

였는데, 인기 있는 소재라도 조합을 잘못하면 그 힘을 제대로 발휘하지 못할 수도 있었다.

규현은 침착하게 소재 조합을 시작했다. 여러 가지 소재를 조합해 본 끝에, 회귀와 게임 스탯이라는 괜찮은 조합을 생각해 냈다. 물론 장르는 현대 판타지였다.

지금으로서는 정통 판타지로 기사 이야기 같은 작품을 쓸 자신이 없었다. 어떻게 보면 기사 이야기는 정통 판타지였기 때문에 성공했을 수도 있었다는 생각이 들었다.

소재 조합을 끝내고, 대충의 스토리를 생각해 낸 규현은 프롤로그를 써서 문학 왕국에 비밀글로 올렸다. 그리고 스탯을 확인했다.

[플레이어 귀환기]
분류: 현대 판타지.
종합 등급: C.
30일 뒤 예상 24시간 구매 수: 약 1,300.

예상 구매 수가 1,300이면 C급 중에서도 최상위권이었지만 기사 이야기라는 A급 작품을 쓴 적이 있는 규현은 만족할 수 없었다. 그는 망설임 없이 비밀글로 올린 프롤로그를 삭제했다.

그 후로도 2개 정도의 프롤로그를 더 썼지만 마음먹은 것처럼 높은 스탯이 나오지 않았다. 어쩌면 기사 이야기라는 성공한 전 작품이 부담감이 되어 규현을 짓누르고 있는지도 몰랐다.

"후우."

회의를 끝내고 사무실을 나오면서 규현은 깊은 한숨을 내뱉었다. 뜻대로 되지 않아서 답답했다. A급 작품은 기대도 하지 않았지만 B급 작품도 나오지 않았다.

"일단 집으로 가자."

규현은 쓸쓸한 목소리로 중얼거리며 차를 몰아 집으로 향했다.

*   *   *

다시 월요일이 되었다. 사무실에서 퇴근해 집으로 돌아온 규현은 약 일주일 동안 해왔던 것처럼 차기작을 쓰기 위해 노력했지만 만족할 만한 결과는 나오지 않았다. 능력을 얻는 것과 함께 필력이 상승해서 E급 이하의 작품은 나오지 않았지만 대부분 D급과 C급으로 기대에 한참 못 미치는 결과들이었다. B급도 하나 있었지만 예상 구매 수가 하위권이었기 때문에 과감하게 포기했다.

"슬럼프인가."

규현은 지금 이 상황이 슬럼프일지도 모른다고 생각했다. 전 작품의 과한 인기 때문에 차기작에서 심각한 부담감에 괴로워하면서 생기는 그런 슬럼프라고 생각했다.

규현이 슬럼프로 괴로워하고 있을 때, 단체 채팅방에 메시지가 올라왔다는 것을 알리는 진동이 울렸다. 규현은 잠시 머리도 식힐 겸 단체 채팅방이나 확인해야겠다 싶어 노트북을 덮고 스마트폰을 들어 올렸다.

[매그라: 기사 이야기 웹툰 요일별 1위네. 헐.]
[조나단: 그러게요. 캠퍼스 이야기가 2위로 내려갔네요.]

파란책의 작가 매그라와 조나단이 단체 채팅방에서 기사 이야기에 대한 메시지를 주고받고 있었다. 차기작에 신경을 바짝 쓰고 있어서 몰랐는데, 프롤로그를 올린 지 일주일이 지나 1화가 올라가고 요일별 순위에도 올라갈 때였다.

두 사람의 채팅 기록을 본 규현은 즉시 다시 노트북을 열고 나이버 웹툰에 들어갔다. 그리고 월요일 웹툰 순위를 확인했다.

"맙소사."

매그라와 조나단의 말대로 기사 이야기가 캠퍼스 이야기

를 밀어내고 월요일 웹툰 1위를 차지하고 있었다. 규현이 놀란 마음을 추스르고 있을 때, 전화가 왔다.

스마트폰을 확인하니 기사 이야기 웹툰의 작가 기준이었다. 아마 기사 이야기가 월요일 1위를 한 것 때문에 전화를 한 것이리라. 규현은 두근거리는 마음을 진정시키며 전화를 받았다.

"여보세요."

─늦은 시간에 죄송합니다. 제가 늦게나마 기사 이야기 순위를 확인하고 꼭 전화를 드려야겠다고 생각했습니다.

"이제 겨우 8시인데요. 괜찮습니다. 그리고 순위는 저도 확인했습니다."

규현의 예상대로 기준은 기사 이야기 웹툰이 월요일 1위를 차지한 것에 대해 이야기했다.

─그리고 놀라운 소식이 하나 더 있습니다.

"네? 어떤 건가요."

규현의 눈동자가 빛났다. 전혀 예상이 가지 않았다.

─기사 이야기의 폭발적인 인기를 보고 나이버 웹툰에서 확실하게 밀어주기로 결정한 것 같습니다. 나이버 메인 배너에 광고가 올라간다고 합니다.

"정말입니까?"

─네!

기준의 말에 규현은 상당히 놀랄 수밖에 없었다. 나이버 메인 배너에 웹툰 광고가 올라가는 일은 거의 없었다. 김석 작가의 웹툰 악마의 소리와 다른 유명 작가의 작품 2개 정도만이 지금까지 나이버가 메인 배너에 광고를 걸어준 적이 있을 뿐이었다.

나이버 메인 배너에 광고가 올라가려면 돈을 엄청 많이 주거나, 나이버의 전폭적인 지지를 얻어내야만 가능한 일이었다. 기사 이야기 웹툰이 나이버 메인 배너에 올라간다는 것은 나이버가 전폭적인 지지를 하겠다고 선언한 것이었다.

처음 파란책에서 나이버에 광고를 제대로 해달라는 것을 조건으로 걸긴 했지만 메인 배너에 걸어줄 것이라곤 전혀 생각하지 못했다.

기사 이야기 웹툰이 나이버 메인 배너에 올라간다면 이미 완결한 기사 이야기 소설도 광고 효과를 보게 된다. 웹툰이 재밌으면 원작을 찾아보는 사람들이 있기 때문이었다.

어쩌면 북페이지에서 기사 이야기 소설의 순위가 상승할 수도 있었다. 지금 기사 이야기 소설은 북페이지에서 완결과 함께 순위가 조금 하락한 상황이었다.

규현과 기준은 한참 동안이나 대화를 나눈 뒤에서야 전화 통화를 끝냈고, 규현은 들뜬 마음에 한참 동안 쉽게 잠을 이루지 못했다.

기준이 말했던 대로 다음 날부터 나이버 메인 배너에 기사 이야기 웹툰이 노출되기 시작했다. 그렇지 않아도 기사 이야기 소설의 골수팬들 덕분에 폭발적인 인기를 끌었던 기사 이야기 웹툰은 나이버 메인 배너에 노출되기 시작하면서, 더더욱 인기를 끌게 되었다.

호기심에 배너에 노출된 기사 이야기 웹툰을 클릭해서 읽은 사람들은 기사 이야기의 매력에서 빠져나오지 못하고 애독자가 되었다. 몇몇은 기사 이야기 웹툰에서 만족하지 못하고 기사 이야기 소설까지 구입해서 읽었다. 그러자 북페이지에서 기사 이야기 소설의 순위는 상승세를 띄기 시작했다.

덕분에 규현은 기분이 좋았지만 그것과는 별개로 차기작 문제로 마음이 무거웠다. 한편 그가 쉽게 써지지 않는 차기작으로 인해 고통 받고 있을 동안 상현과 먹는 남자, 그리고 지석은 출판사와 매니지먼트 등에서 최소 한 통 이상의 쪽지를 받았다. 그건 현지도 마찬가지였다.

다행히 그들은 규현과의 약속을 지켰다. 그의 지원으로 여기까지 왔다는 것을 잘 알기 때문이었다. 규현과 함께한다면 더 높은 곳까지 비상할 수 있다는 것을 깨달은 것이다.

탁 트인 고속도로를 달리는 그들과는 다르게, 규현이 달리는 도로는 정체 중이었다. 기사 이야기 웹툰 2화가 올라갔지만 차기작의 전망은 어두웠다. 비밀글로 프롤로그를 올리면 대부분 C급이나 B급이었다.

B급 같은 경우엔 최하위권이나 중위권이었다. 중위권 정도면 연재를 해도 나름의 빛을 볼 수 있었지만 기사 이야기라는 작품으로 환한 빛을 마주한 적 있었던 규현에게 있어서 B급 작품이 내뿜는 빛은 너무나 희미했다. 만족할 수 없었다.

"어디 여행이라도 다녀오시는 게 어떻겠습니까?"

괴로워하는 규현을 본 칠흑팔검이 걱정스러운 목소리로 조언했다.

"여행이라… 그것도 좋겠네요."

규현도 칠흑팔검의 의견에 동의하는 것인지 고개를 끄덕이며 대답했다. 커피나 한 잔 해야겠다고 생각한 그는 탕비실로 향했다. 컵에 커피 믹스를 붓고 뜨거운 물에 섞고 있을 때, 전화가 왔다. 스마트폰을 확인하니 창석이었다.

다른 사람들에게 방해가 되지 않도록 커피를 들고 회의실에 들어온 규현이 전화를 받았다.

"여보세요?"

―작가님, 지금 통화 가능하세요?

"예. 가능합니다."

―작가님, 혹시 사인회하실 생각 있으세요?

"사인회요?"

―네.

"어디서 하나요?"

규현이 질문했다. 장소는 대충 예상할 수 있었다. 아마도 대한민국 최대의 오프라인 서점인 코리아 문고에서 할 것이다.

―영등포 타임스퀘어 아트리움에서 하게 될·예정입니다.

창석의 대답에 규현은 살짝 놀랄 수밖에 없었다. 영등포 타임스퀘어 아트리움에서는 유명한 작가들만 사인회를 열 수 있었다. 그런 곳에서 사인회를 한다는 것은 이제 규현도 유명 작가의 반열에 올랐다는 것을 의미했다.

"영등포 타임스퀘어의 코리아 문고… 믿기지 않는군요."

―작가님은 자격이 충분하십니다.

"감사합니다. 사인회라면 당연히 하겠습니다. 마침 기사 이야기도 완결이 나서 시간이 남으니까요."

사인회는 적지 않은 시간을 소비하는 행사였지만 기사 이야기와 그 남자의 할리우드 이야기를 완결한 덕분에 지금 규현은 시간이 많이 남았다. 매일 사무실에 출근하지만 하루 정도는 사정이 있다고 하고 빠져도 된다.

―작가님, 그리고 차기작은 어떻게 하실 건가요? 혹시 지금 준비 중인 작품이 있으세요?

창석이 물었다. 규현은 인기 작가였고, 귀환황제 전기부터 시작된 그의 인기는 지금 하늘을 찌르고 있었기 때문에 파란책 입장에선 규현이 하루 빨리 차기작을 쓰기를 바라고 있었다. 그가 글을 쓰는 순간, 그것은 곧 파란책의 수익이 되기 때문이었다.

"지금 준비 중입니다. 어느 정도 분량을 확보하면 연락드리겠습니다."

─네. 알겠습니다.

규현의 말에 창석은 아쉬운 목소리로 대답했다. 창석은 규현에게 사인회 일정이 잡히면 연락을 주겠다고 말했고 얼마 지나지 않아서 두 사람은 전화 통화를 끊었다.

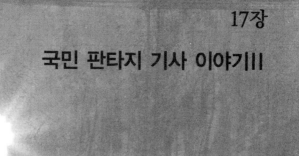

17장

국민 판타지 기사 이야기ll

　다음 날 규현은 사인회 일정을 통보받았고, 그날부터 전신에 차오르는 기묘한 흥분으로 인해 며칠 동안 잠을 제대로 이루지 못했다. 그리고 마침내 사인회 당일이 되었다.

　규현은 학교 대신 사인회 행사장으로 차를 몰았다. 교수들에게는 미리 사정을 말하고 양해를 구한 뒤였다. 대부분의 교수들은 사정을 봐주겠다고 했지만 가차 없이 결석 처리하겠다는 교수도 있었다.

　하지만 규현은 그동안 그 어떤 강의에도 결석한 적이 없었기 때문에 한 번 정도는 괜찮다고 생각하고 있었다.

"차가 왜 이렇게 막히는 거야."

꼭 막힌 교통 체증에 규현은 답답해졌다. 일찍 출발한 덕분에 사인회 시간까지는 아직 여유가 있었지만 이대로 가다가는 늦을 것 같았다. 결국 규현은 도로를 빠져나와 근처에 차를 주차하고, 오랜만에 지하철을 이용하기로 했다.

지하철과 도보를 통해 이동하여 영등포 타임스퀘어에 도착한 규현은 엄청나게 많은 수의 사람을 볼 수 있었다.

"여기 원래 이렇게 사람들이 많았었나?"

규현은 오늘 영등포 타임스퀘어에 처음 방문했다. 평소에도 많은 사람들이 찾는다고 듣긴 했지만 이 정도일 줄은 몰랐다. 타임스퀘어 주변은 그야말로 사람들로 가득 차 있어서 도저히 뚫고 들어갈 틈이 없었다.

"미치겠네."

많은 사람들을 보며 규현은 눈살을 찌푸렸다. 이미 이동하느라, 적지 않은 시간을 소비한 탓에 사인회까지 시간이 얼마 남지 않은 상황이었다. 규현은 눈동자를 빠르게 이리저리 움직여 뚫고 들어갈 틈을 찾아보려 했지만 도저히 틈을 찾을 수 없었다.

사람의 장벽, 그 자체였다. 철벽의 요새였다. 한참 주변을 탐색하던 규현은 21세기 최고의 발명품 스마트폰을 꺼내 들었다.

인터넷 검색을 통해 영등포 타임스퀘어 뒷문의 존재를 알아낸 그는 뒷문을 향해 움직였다. 그리고 절망에 빠졌다. 뒷문도 사람들이 진을 치고 있었다.

"도대체 왜 이렇게 사람들이 많은 거야!"

"저기… 그게… 오늘 기사 이야기 작가 사인회가 있어서 그런 것 같아요."

규현의 말에 누군가 여린 목소리로 대답했다. 목소리가 들리는 방향으로 고개를 돌리니 단정한 단발머리에 안경을 쓴 젊은 여자가 기사 이야기 1권으로 입가를 가린 채 서 있었다.

"기사 이야기 사인회요?"

규현의 물음에 그녀는 고개를 끄덕였다.

"사인 받으러 오신 거죠? 아트리움은 지금 사람이 너무 많아 들어 수 없고 뒷문으로 들어가야 해요."

그렇게 말하며 그녀는 주변을 살폈다. 아무도 없는 것을 확인한 그녀는 천천히 입을 열었다.

"제가 마침 비밀 뒷문으로 들어가려고 했거든요? 특별히 따라오게 해드릴게요."

그녀는 그렇게 말하며 앞장서서 걸어가기 시작했다. 시간이 정말 얼마 남지 않았기 때문에 규현은 그녀를 따라갔다. 그녀를 따라 이동하다 보니 타임스퀘어에서 더 멀어지는 것을 느낀 그는 다급하게 입을 열었다.

"이거 더 멀어지는 것 같은데……."

"다른 건물이랑 연결되어 있어요."

그녀의 설명대로였다. 영등포 타임스퀘어는 다른 건물과 연결되어 있었고, 두 사람은 다른 건물을 통해 영등포 타임스퀘어 안으로 진입할 수 있었다. 안에는 그녀와 같은 생각을 한 소수의 사람들이 행사가 시작하기를 기다리고 있었다.

행사가 시작되지 않아서 차단 벨트가 쳐져 있었지만 그녀는 원형 무대와 가깝다는 사실만으로 만족하는 듯 밝은 표정이었다. 그러다 규현은 벨소리가 울리자 스마트폰을 꺼내 들었다. 전화를 건 사람은 창석이었다. 아마도 시간이 다 되어 가는데 규현이 도착하지 않으니, 걱정이 돼서 전화를 건 듯했다.

─작가님! 어디세요?

규현의 예상대로 창석은 그가 전화를 받기 무섭게 위치를 물었다.

"지금 아트리움 안입니다. 어디로 가야 하죠?

─원형 무대 쪽으로 오세요. 제가 마중 나가겠습니다.

전화 통화가 끝났다. 규현은 자신을 뒷문으로 인도해 준 그녀에게 다가가 조심스럽게 어깨를 손가락으로 찔렀다.

"정말 감사합니다. 덕분에 시간에 맞춰 올 수 있었어요."

"같은 소설을 좋아하는 독자들끼리 돕고 살아야 하지 않겠어요?"

그렇게 말하며 환하게 웃는 그녀의 모습에 규현은 어색한 웃음을 흘리며 스마트폰을 주머니에 넣었다. 아니, 넣으려 했다. 하나 스마트폰은 주머니 안으로 들어가지 못하고 옆으로 떨어졌지만 규현은 알아차리지 못했다.

"감사했습니다. 저는 이만 가볼게요."

규현은 가볍게 손을 흔들며 그녀에게서 멀어졌다.

"폰 떨어뜨리셨… 어요. 벌써 가버렸네."

그녀가 떨어진 폰을 주웠을 때, 이미 규현은 모습을 감춘 뒤였다.

"기사 이야기를 정말 좋아하나 보네."

규현의 스마트폰을 보며 그녀는 중얼거렸다. 그의 스마트폰 배경 화면은 기사 이야기 표지였다.

*　　　　　*　　　　　*

무대 가까이로 이동하자 행사 진행요원 2명이 규현의 앞을 막았다. 그들은 창석이 오고 난 뒤에서야 길을 열어 주었다.

"작가님, 정말 무슨 일이라도 생겼나 싶었어요."

창석이 손수건으로 식은땀을 닦으며 말했다. 사인회 시작 시간은 얼마 남지 않았는데 규현이 오지 않으니, 꽤나 애가 탔던 모양이었다.

"늦어서 죄송합니다. 사람들이 너무 많아서 정문으로 못 들어왔어요."

"예. 생각보다 사람들이 많이 모이긴 했습니다."

규현의 말에 창석은 고개를 끄덕였다. 지금 이곳에 모인 사람들의 수는 파란책의 예상을 훨씬 뛰어넘고 있었다. 너무 많아서 정확한 숫자를 집계하기 힘들 정도였다.

"몇 명이나 모인 건가요?"

규현의 물음에 창석은 입꼬리를 끌어 올렸다.

"수는 집계하지 않았지만 아주 많은 것은 확실하죠. 작가 님 오늘 큰일 나셨습니다."

창석의 말에 규현은 어색한 미소를 지었다. 그런 그를 보며 창석은 입을 열었다.

"예정 시간이 되면 사인회는 끝날 거니까, 너무 걱정하지 않으셔도 됩니다."

모인 사람들에겐 미안하지만 사인회는 정해진 시간 동안 에만 할 수 있었다. 지금 이 자리에 모인 사람들 모두가 사인 을 받을 수는 없다는 말이었다.

"그렇습니까?"

"조금 있으면 사인회가 시작됩니다. 자리로 이동하시죠."

창석의 재촉에 규현은 정해진 자리로 이동해 의자에 앉았다. 규현이 무대 위로 올라가자 타임스퀘어 내부에는 엄청난 환호성이 쏟아졌다. 이윽고 사인회가 시작되고 진행요원들의 안내에 맞춰 사람들이 한 명씩 무대 위로 올라왔다.

"기사 이야기를 사랑해 주셔서 감사합니다."

"가, 감사합니다!"

규현은 사인지 또는 독자가 가져온 기사 이야기 책에 사인과 함께 간단한 덕담을 적어 주었다. 사인을 받아가는 독자들을 보며 규현은 힘들지만 미소가 절로 지어지는 것을 느꼈다. 사인회가 시작되고 얼마 지나지 않아서, 규현은 익숙한 얼굴을 볼 수 있었다.

"안녕하세요?"

두 눈을 반짝이며 인사를 건네는 그녀는 조금 전에 규현을 지름길로 안내해 주었던 그 여자였다.

"안녕하세요."

"제 이름은 이지은이에요. 그렇게 적어주세요."

규현의 답인사에 지은은 수줍게 웃으며 기사 이야기 1권을 내밀어 펼쳤다. 규현은 펜으로 가벼운 덕담과 함께 사인을 해주었다. 사인을 받은 지은은 너무 기뻤다. 그녀는 기사 이야기를 정말 좋아하는 독자였다. 회색빛의 인생에서 유일하게 빛을 내주던 것은 장르 소설이었고, 그중에서도 기사 이야기는 가장 밝게 빛나는 빛이었다.

"감사합니다!"

그녀는 밝은 목소리로 감사를 표하며 다음 사람을 위해 자리를 비켜주었다. 그러나 너무 기쁜 나머지, 그녀는 규현에게 스마트폰을 돌려주는 것을 깜빡하고 말았다. 그녀는 곧 그 사실을 깨닫고 규현이 있는 방향으로 고개를 돌렸으나, 이미 사람들의 장벽이 그녀와 규현의 사이를 막아선 뒤였다.

"후아!"

사람들로 가득한 영등포 타임스퀘어를 벗어나자 지은은 막혀 있던 숨이 탁 트이는 느낌을 받았다. 개인적으로 그녀는 사람들이 많은 곳을 좋아하지 않았다. 오늘도 사인회를 하는 작가가 기사 이야기 작가인 규현이 아니었다면 찾지 않았을 것이다.

상쾌한 공기를 만끽하며 길을 걷던 그녀는 멀지 않은 곳에 위치한 고급 세단을 발견했다. 세단 옆에는 운전사로 추정되는 인물이 가볍게 몸을 풀고 있었다. 그는 거리를 좁히고 있는 지은을 곧 발견하고는 차렷 자세로 정중하게 몸을 숙였다.

"아가씨, 사인회는 어떠셨습니까?"

그는 지은의 운전기사 강정재였다. 지은은 책을 펼쳐 규현의 사인을 정재에게 보여주며 입을 열었다.

"너무 좋았어요! 강 기사님도 오셨으면 좋았을 텐데."

"말씀만으로도 감사합니다만, 저는 아가씨가 오시면 바로 출발할 수 있도록 준비하고 있어야죠. 타시죠."

그렇게 말하며 정재는 차의 문을 열었다. 지은은 밝은 얼굴로 뒷좌석에 탑승했다. 정재는 조심스럽게 차 문을 닫은 뒤, 운전석에 탑승했다. 이윽고 차가 출발하고 지은이 입을 열었다.

"오늘 제가 여기 온 거, 아버지한테는 비밀인 거 아시죠?"

지은의 아버지는 그녀가 장르 소설을 읽는 것을 별로 좋아하지 않았다. 정재는 운전대를 돌리며 입가에 희미한 미소를 머금었다.

"잘 알고 있습니다. 회장님께는 비밀로 하겠습니다."

"고마워요!"

그렇게 대답한 지은은 두 눈을 빛내며 규현의 사인을 내려다보았다. 사인을 보고 있으니, 시간이 순식간에 흘러갔다. 어느새 차량은 저택에 도착했고 지은은 차에서 내려 주변의 눈치를 살피며 저택 안으로 들어가 자신의 방으로 올라갔다.

방에 도착한 지은은 책장에 아주 조심스럽게 기사 이야기 1권을 꽂았다. 그녀의 책장에는 유명한 장르 소설로 가득했다. 기사 이야기는 물론이고 귀환황제 전기도 있었다.

책장을 흐뭇하게 감상하고 있던 그녀는 기사 이야기 정주행을 결심하고 1권을 다시 뽑아 읽기 시작했다. 1권을 다 읽고 2권을 읽고 있을 때, 지은은 익숙치않은 벨소리가 울리는 것을 들었다.

뒤늦게 규현의 스마트폰을 주웠다는 것을 깨달은 그녀는 그것을 꺼내 들었다. 담당 편집자라고 저장되어 있는 전화번호로 전화가 걸려 오고 있었다. 사인회가 끝나고 스마트폰을 잃어버렸다는 사실을 확인한 규현이 담당 편집자 창석의 스마트폰을 빌려서 전화를 걸고 있는 것이었다.

"여보세요?"

그녀는 떨리는 목소리로 전화를 받았다.

—여보세요?

규현의 목소리가 들렸다. 그는 누군가 자신의 스마트폰을 주웠고, 전화를 받았다는 사실에 안도하고 있었다.

"스마트폰 주인이세요?"

그가 스마트폰의 주인이라는 것을 알고 있었다. 하지만 확인을 위해 그녀는 질문했다.

—네. 그렇습니다. 제가 업무상 스마트폰이 꼭 필요해서 그런데, 지금 어디시죠? 제가 찾으러 가겠습니다.

"아뇨. 제가 갈게요. 아직 영등포 타임스퀘어이시죠? 그쪽으로 갈게요."

"스마트폰, 빌려주셔서 감사했습니다."

규현은 빌린 스마트폰을 다시 창석에게 돌려주며 감사를 표했다. 창석은 스마트폰을 주머니에 넣으며 입을 열었다.

"제가 같이 안 가드려도 되겠어요?"

창석이 가면 규현은 지은과의 연락 수단이 사라진다. 길이 엇갈릴 경우 곤란한 상황이 발생할 수도 있었기 때문에 창석은 우려의 목소리를 높였으나, 규현은 고개를 저었다.

"아니요. 편집자님도 일이 있으실 테고, 저는 괜찮습니다."

"그럼 먼저 가보겠습니다."

규현은 어린애가 아니었기 때문에, 그가 괜찮다고 하자 창석도 걱정을 접고 사무실을 향해 발걸음을 옮겼다. 그리고 규현은 지은과 만나기로 약속한 장소로 향했다.

약속 장소에 도착해서 조금 기다리니, 멀리서 익숙하지는 않지만 낯설지도 않은 사람이 다가오는 것을 볼 수 있었다. 지은이었다. 그녀의 얼굴을 본 규현은 어디서 스마트폰을 잃어버렸는지 대충 눈치챌 수 있었다.

"여기 스마트폰이요."

규현에게 다가온 지은은 주머니에서 규현의 스마트폰을 꺼내 규현에게 건네주었다.

"감사합니다. 성함이……?"

분명히 사인을 해주면서 그녀의 이름을 들었겠지만 기억나지 않았다. 하지만 그건 이상한 일이 아니다. 오늘 사인회를 하면서 많은 사람의 이름을 들었을 테니까, 당시에 규현에게 있어서 지은은 사인회에 참석한 많은 사람 중 한 명에 불과하다.

그녀의 이름만 따로 주의 깊게 듣지 않았으니, 기억나지 않을 수밖에 없었다. 지은은 입가에 가벼운 미소를 그린 채 입을 열었다.

"이지은이요."

"이제 기억이 나네요. 아까 사인하면서 이름을 듣긴 했지만, 제가 그만 잊어버리고 말았네요."

규현은 고개를 끄덕였다. 이름을 들으니 기억이 났다.

"아까는 작가님인 줄 몰랐어요."

지은이 말했다. 당연히 모를 수밖에 없었다. 얼굴이 자주 노출되는 연예인들과는 다르게 장르 소설 작가들은 얼굴이 노출되지 않는 경우가 대부분이었으니까.

대중들은 그들의 얼굴을 궁금해하지도 않았고, 그들도 굳이 얼굴을 드러낼 필요를 못 느끼고 있었다. 물론 정현도나 이상진과 같은 1세대 작가들은 얼굴이 알려진 경우가 많았다.

"기사 이야기 너무 재밌게 읽었어요."

"감사합니다."

지은의 말에 규현은 고개를 살짝 숙이며 감사를 표했다. 지은을 보니 이대로 헤어지긴 아쉬워하는 눈치였다.

"스마트폰을 찾아준 사례를 하고 싶습니다만, 마침 저녁 시간이니 불편하지 않으시다면 식사라도 같이하는 게 어떻겠습니까?"

지은도 이대로 헤어지기 싫어하는 눈치였고 규현도 사례를 하고 싶었다. 마침 저녁 시간이니 가볍게 저녁을 대접하는 게 가장 좋다고 규현은 생각했다.

"저야 좋죠. 헤헤."

지은은 웃음소리를 가볍게 흘리며 찬성 의사를 밝혔다.

"근처에서 먹는 게 좋을 것 같네요."

"전 상관없어요."

처음 보는 남자와 같이 저녁을 먹는 데 거부감을 느끼지 않는 것으로 보였지만 그 사람의 차에 타는 것은 거부감을 느낄 수도 있겠다고 생각한 규현은 차로 이동하지 않고 근처에서 저녁을 해결할 것을 제안했고 지은은 고개를 끄덕였다.

"아, 여기 맛있어요!"

사람들이 많은 길을 걸으며 식당을 탐색하고 있을 때 지은이 '로마'라는 이름의 파스타 전문점을 가리키며 말했다. 이 근처는 자주 오지 않았기 때문에 괜찮은 식당을 모르는 규현은 지은의 추천에 따르기로 했다.

"어서 오세요."

안으로 들어가자 종업원들이 가볍게 인사를 했고 규현과 지은은 비어 있는 가까운 자리로 향했다. 자리를 잡은 둘은 파스타와 피자를 주문했는데, 손님이 많아서 그런지 시간이 조금 걸렸다. 기다리는 시간이 심심한지 지은은 규현을 보며 입을 열었다.

"열린 결말이던데, 결국엔 파비앙은 누구랑 이어지는 거예요?"

기사 이야기 여성 독자다운 질문이었다.

"상상에 맡길게요."

공개된 엔딩은 그 누구와도 이어지지 않는 열린 엔딩이었기 때문에 규현은 입가에 미소를 머금은 채 정확한 대답을 회피했다.

"알려주시면 안 되는 건가요?"

"네."

지은이 두 눈을 반짝이며 물었으나, 규현은 완고했다. 열린 엔딩을 내세우는 것으로 많은 독자들을 만족시킬 수 있었는데, 괜히 자신이 기존에 생각하고 있던 엔딩을 유출시켜 구설수에 오르는 것은 피하고 싶었다.

주문한 피자와 파스타가 나왔다. 두 사람은 기사 이야기를 주제로 한 가벼운 이야기를 나누며 저녁 식사에 집중했다. 그 과정에서 그녀도 한국대학교에 다닌다는 사실을 알게 되었다. 식사가 끝나고 파스타 전문점을 나오면서 지은은 규현을 보며 입을 열었다.

"연락해도 되죠?"

이미 두 사람은 대화를 하면서 친해졌고 전화번호도 교환한 상태였다. 처음 그녀가 전화번호를 요구했을 때 규현은 조금 당황했지만 같은 대학교인것도 알게 되었고, 이미 조금 친해진 뒤였기 때문에 별로 망설이지 않고 번호를 알려주었다.

"네, 하지만 너무 자주는 하지 마세요. 하하하."

규현은 농담조로 말했으나, 어느 정도 진심이 내포되어 있었다. 만약 그녀가 귀찮을 정도로 연락을 자주하면 적당히 무시할 생각이었다.

"시간도 늦었는데, 데려다드릴까요?"

막차가 끊길 정도는 아니었지만 이야기를 많이 나눠서 그런지 생각보다 꽤 늦은 시간이었다. 여자인 지은을 배려해 규현은 예의상 말했지만 그녀는 고개를 저었다.

"괜찮습니다. 지하철 타고 가면 돼요."

말은 그렇게 했지만 사실 운전기사에게 문자 메시지를 보내두었으니, 곧 데리러 올 것이다. 평소였다면 퇴근했을 시간이었지만, 오늘은 특별히 그녀가 요청해서 추가 근무를 하게 되었다. 평소 그녀가 이런 요청을 한 적은 없었기 때문에 운전기사인 정재는 흔쾌히 가벼운 마음으로 추가 근무에 임했다.

"그럼 다음에 뵙겠습니다."

"네! 꼭이요!"

규현과 지은은 가벼운 인사를 나누고 헤어졌다.

*　　　　*　　　　*

그 후로 며칠의 시간이 지났다. 차기작은 여전히 쓸 만한 작품이 나오지 않았기 때문에 규현은 고통받고 있었다. 다만, 그나마 위로가 되는 게 있다면 현지를 포함해 작가 사무실의 멤버들이 모두 잘 나가고 있다는 것이었다.

평소처럼 찾아온 회의 시간, 긴 테이블 앞에 각자의 노트북을 놓고 앉아 있는 멤버들을 보며 규현은 천천히 입을 열었다.

"먹는 남자 작가님, 지금 순위가 어떻게 되시죠?"

규현의 말에 먹는 남자는 순위를 확인했다.

"18위네요."

분명 오늘 아침에도 확인했고, 아침에 비해서는 한 단계 떨어진 순위였지만 여전히 믿기지 않는 듯 순위를 말하는 먹는 남자의 목소리는 가볍게 떨리고 있었다.

"상현아, 철혈 헌터는 어때?"

"딱 30위네요. 이렇게 높이 올라온 건 처음이라서 믿기지가 않네요."

"저는 15위네요."

상현도 순위를 밝혔고 규현이 지석에게 시선을 옮기자 지석도 자신의 순위를 확인하고 말했다. 현지의 순위는 방금 전에 직접 확인했기 때문에 따로 묻지 않았다. 현지의 제국 공격기의 순위는 현재 2위였다.

1위는 기사 이야기가 완결 소설로 이동하면서 칠흑팔검의 칠흑마검기가 차지하게 되었다. 침략사령관의 작가 정현수는 현지와 칠흑팔검에게 밀려 3위를 지키고 있었다.

"형, 그리고 말씀드릴 게 하나 더 있어요."

서로의 원고를 교환해서 읽는 시간이 끝나기 무섭게 상현이 손을 살짝 들었다.

"그래, 말해봐."

규현이 고개를 끄덕이며 말하라고 하자 상현은 입을 열었다.

"사업자 등록이랑 법인 설립을 위한 모든 절차가 끝났어요!"

상현은 들뜬 기색을 감추지 못했다. 사무실의 직원은 규현을 제외하면 상현뿐이었지만, 그래도 상현이라도 있기 때문에 대표 이사라는 직함을 쓸 수 있었다.

자본금이 10억 원 미만이었기 때문에 복잡한 절차는 필요 없지만 대표 이사 직함을 쓰려면 직원이 한 명이면 불가능하다고 들었다.

"매니지먼트 가람이라고 제대로 등록했지?"

"물론이죠."

규현의 물음에 상현은 강하게 긍정하며 고개를 끄덕였다.

"계약서도 관련 절차는 다 밟았지?"

규현이 다시 물었다. 매니지먼트 사업을 하는 데에 있어 계약서는 아주 중요했다.

"전문가에게 맡겼고 법적으로 문제되는 게 없는 것도 확인했습니다."

상현의 대답에 규현은 만족스러운 표정으로 고개를 끄덕였다. 계획은 순조롭게 진행되고 있었다.

"혹시 계약서 가지고 있어?"

"물론이죠."

상현은 서류 가방에서 계약서를 꺼내 규현에게 건넸다. 계약서를 받은 규현은 그것을 꼼꼼하게 읽어보았고, 별다른 문제는 찾을 수 없었다. 물론 문제가 있었다면 전문가가 잡아냈을 것이다.

"양식 메일로 보내줘."

"옙!"

계약서 양식은 보관해야 했다. 상현에게 지시를 내린 규현은 계약서를 회의실에 비치된 서류 보관함에 넣어두었다.

"오늘 회의는 조금 일찍 마칠까요?"

"대표님, 좋은 일이 여러 가지 겹쳤는데 회식 같은 거 안 하나요?"

먹는 남자가 장난스럽게 웃으며 말했다. 규현은 입가에 미소를 머금었다. 대표님이라는 말, 정말 듣기 좋았다.

"회식할까요?"

규현의 말에 모두가 힘차게 대답했다. 규현은 손가락으로 볼을 살짝 긁으며 회의실 문을 열었다.

"그럼 마침 근처에 삼겹살이 맛있는 식당을 알고 있으니, 거기로 이동하시죠."

차에 탈 필요도 없이 걸어서 이동할 수 있는 거리에 있는 고깃집이었다. 빌딩을 나와서 조금 걸으니, 규현이 말한 식당이 모습을 드러냈다. 꽤 인기 있는 식당이었고 저녁 시간이 겹쳐서 그런지 조금 기다린 끝에 자리 앉을 수 있었다.

주문한 삼겹살이 나오고, 그것을 불판 위에 올리자 특유의 기름 튀는 소리가 귓가를 간질였다. 먹는 남자는 조용히 고기를 굽기 시작했고 칠흑팔검이 안경을 살짝 올리며 입을 열었다.

"이거 참, 이렇게 늦게나마 제가 1위한 것을 축하받는군요."

그렇게 말하며 그는 입꼬리를 끌어 올려 씨익 웃어 보였다. 규현도 그를 마주 보며 미소를 지었다. 그러고 보니 만년 2위인 칠흑팔검이 1위를 하였을 때 규현은 단체 채팅방에서 파란책 작가들과 함께 축하 메시지를 보냈었지만, 작가 사무실 차원에서 따로 자리를 마련한 적은 없었다.

"축하드립니다, 작가님."

규현은 늦게나마 칠흑팔검의 1위 달성을 축하해 주었다. 그도 현지가 나타나기 전에 잠깐 동안 1위를 한 경력이 있었지만 현지의 등장과 함께 만년 2위가 되어버렸다. 그래서 이번에 1위를 한 게 감회가 남다를 것이다.

"축하합니다!"

"칠흑마검기 너무 재밌어요!"

지석과 먹는 남자도 축하해 주었다.

"축하해요."

현지도 뒤늦게 축하해 주었다. 모두의 축하를 받으며 칠흑팔검은 소주를 주문했다.

"이런 날에 술이 빠질 순 없지요. 오늘은 제가 내겠습니다!"

"작가님, 멋쟁이!"

칠흑팔검이 호기롭게 외치자 먹는 남자가 환호했다. 그 모습을 보며 규현은 의미를 알 수 없는 미소를 지었다.

'칠흑팔검에게 토스, 성공적.'

규현의 입가에서 미소가 떠나지 않았다.

18장

매니지먼트 가람 |

  7월이 되면서 많은 게 달라졌다. 규현을 대표로 한 매니지먼트 가람이라는 이름의 배가 출항하여 순풍을 타고 안정적인 항해를 시작했다. 규현의 말이 허세가 아니라는 것을 확인한 작가 사무실 멤버들은 규현이 내민 계약서에 망설임 없이 사인했다.

  매니지먼트 가람은 아직 업계에 영향력이 거의 없는 신생 매니지먼트였고 계약 조건 역시 다른 매니지먼트보다 좋은 것도 아니었지만 그들은 규현이 작품에 개입했을 때 어떤 효과가 있는지 보았다. 그래서 그를 믿고 끝까지 따라가기로 했다. 규현의 실력이라면 매니지먼트 가람도 금방 성장할 것이라고 믿어 의심치 않았다.

매니지먼트가 만들어지자 작가 사무실은 매니지먼트 사무실로 탈바꿈했다. 정식 직원은 규현을 제외하면 상현이 유일했다. 그는 주로 잡무와 회계 등을 맡았고 편집과 작가 영입은 규현이 맡았다.

매니지먼트 사무실로 탈바꿈했지만 기존의 작가 사무실 멤버들은 계속 출근했다. 그게 효율이 더 좋다고 규현이 판단했기 때문이었다. 새로 직원이나 작가를 들일 여유도 생겨 사무실에 책상 3개 정도는 더 놓을 수 있었다.

"후우."

노트북 키보드를 분주하게 두드리고 있던 규현의 손가락이 갑작스럽게 멈추고 그의 입에서 한숨 소리가 새어 나왔다. 작가의 추가 영입은 없지만 기존의 작가들이 분발하고 있는 덕분에 순항하고 있는 매니지먼트 가람과는 다르게 규현의 차기작은 좀처럼 항구를 벗어나지 못했다.

"차기작이 잘 안 되나 봐요?"

현지였다. 그녀는 그렇게 말하며 믹스 커피가 담긴 종이컵을 규현의 책상 위에 올려놓았다.

"고마워."

"힘내세요, 오빠."

현지는 규현을 격려하고는 자신의 자리로 돌아가 키보드를 두드리기 시작했다. 믹스 커피를 마신 규현은 다시금 차기작에 집중하려고 했지만 좀처럼 집중이 되지 않았다. 결국 그는 문서 작성 프로그램을 종료하고 나이버 웹툰에 접속했다. 그리고 댓글을 살폈다.

gkscjftn11: 오늘도 재밌게 읽고 갑니다.
vhdvhd99: 너무 재밌음. 다음 내용이 궁금해서 참을 수 없네요. 이것은 원작을 찾아 읽으라는 계시?

청찬 일색이었다. 답답했던 마음이 조금은 뚫리는 듯했다. 댓글이 워낙 많아서 전부 확인할 수는 없어서 일부만 확인한 규현은 나이버 웹툰에서 나와 문학 왕국에 들어갔다.

순위를 확인하고 있던 규현은 익숙한 이름을 발견할 수 있었다. 바로 이상진이었다. 그의 작품 필리어스의 혈향이 12위였다. 이번에는 누구의 작품을 참고했나 싶어서 읽어보니 아니나 다를까 규현의 기사 이야기와 비슷한 부분이 조금 있었다.

하지만 이전과는 다르게 참고한 부분은 많지 않아서 글을 쓰는 작가나 정말 책을 많이 읽은 독자가 아니면 눈치채기 힘든 수준이었다. 그래서 그런지 필리어스의 혈향에는 기사 이야기와 비슷하다는 내용의 댓글이 거의 없었다. 소수 있기는 했지만 논쟁으로 번지지는 않았다.

필리어스의 혈향의 일부를 읽고 문학 왕국을 돌아다니면서 쓸 만한 작가가 있는지 한번 쭉 훑어보았다. 현지가 제국 공격기를 계약하고 칠흑팔검이 차기작을 계약하는 것으로 유명 작가를 2명이나 확보한 규현에게는 상현과 먹는 남자, 그리고 지석도 있었지만 아직 부족했다. 작가의 추가 영입이 절실했다. 매니지먼트는 작가의 수가 곧 수익으로 직결되기 때문이었다.

그렇다고 해서 규현은 아무나 받을 생각이 없었다. 작가 스탯이 높은 편에 속하는 작가들만 영입할 생각이었다. 물론 그런 작가들은 대부분이 매니지먼트나 출판사와 계약한 상태이기 때문에 허들이 높았다. 그래서 규현은 아직 빛을 보지 못한 작가들을 매의 눈으로 노리고 있었다.

새로 작품을 올린 작가 중에서 쓸 만한 작가 스탯을 가진 신인이 없다는 사실에 안타까워하며 문학 왕국에서 나오기 무섭게 전화가 왔다.

스마트폰을 확인하니 파란책의 기획팀장 조규태였다. 오랜만에 전화가 걸려온 것으로 보아 아마도 차기작이나 기사 이야기 웹툰에 대한 이야기일 것이다. 규현은 열심히 일하고 있는 다른 이들에게 방해가 되지 않도록 회의실로 조용히 들어가 규태로부터 걸려온 전화를 받았다.

"여보세요?"

─작가님! 오랜만입니다.

오랜만에 듣는 규태의 목소리에 규현은 입가에 가벼운 미소를 머금었다.

"예. 오랜만입니다, 팀장님."

─그동안 잘 지내셨어요?

"예. 저야 뭐, 잘 지냈습니다."

사실 모든 일이 잘 풀리고 있었지만 차기작이 좀처럼 좋은 결과가 없어서 그렇게 잘 지내고 있는 것은 아니었다. 규태와 규현은 서로의 근황에 대해 이야기를 이어갔다.

─작가님, 차기작은 어떻게 하실 건가요?

근황 이야기가 끝을 보이자 규태는 차기작에 대한 이야기를 꺼냈다. 드디어 올 것이 왔다. 파란책과는 좋은 관계를 계속 유지하고 싶었기 때문에 최대한 서로의 감정이 상하지 않는 선에서 차기작은 파란책과 계약하지 못할 것 같다고 말해야만 했다.

"팀장님, 사실 지금 차기작이 잘 안 나오고 있습니다."

─가끔 그럴 때가 있습니다. 그럴 때일수록 포기하지 않고 꿋꿋하게 쓰는 자세가 필요하죠. 물론 기분 전환 삼아 여행을 다녀오는 것도 좋은 방법입니다.

규태의 진심 어린 충고를 들으며 규현은 입을 열었다.

"실은 차기작을 쓰게 되더라도 파란책과 계약하기는 힘들 것 같습니다. 매니지먼트를 차렸거든요."

―아, 작가님도 매니지먼트를 차리셨군요.

규태가 아쉬운 목소리로 말했다. 유명 작가가 매니지먼트를 차리는 것은 드문 일이 아니었다. 작가가 곧 돈인 시대. 작가들의 수는 많았고, 그에 따라 매니지먼트들도 많이 생겨나고 있었다. 그중 일부는 유명 작가가 본인의 유명세를 활용해 만든 경우였다.

"네."

―어쩔 수 없죠. 그래도 저흰 가족이니까, 가끔 연락하셔야 합니다?

"그래도 되겠습니까?"

―물론이죠. 가족이 독립했다고 해서 호적에서 파는 것은 아니잖아요.

규태의 말에 규현은 미소를 지으며 대답했다. 만약 리디스미디어였다면 일단 정색부터 하고 시작했을 테지만 규태는 아쉬운 소리를 한마디도 하지 않았다. 대신 규현에게 격려와 응원을 아끼지 않았고, 규현은 가벼운 마음으로 기분 좋게 전화 통화를 끝낼 수 있었다.

규태와의 전화 통화가 끝나고 회의실을 나와 자리에 앉으니, 이번에는 상현이 벨소리가 울리는 스마트폰을 가지고 사무실 밖으로 나갔다. 3분 정도 후에 그는 다시 돌아왔다.

"형, 아니, 대표님. 외주 맡긴 표지가 도착했어요."

"아, 벌써?"

"넵."

규현의 물음에 상현은 고개를 끄덕였다. 얼마 전 규현은 현지와 칠흑팔검 등의 작가들의 작품에 쓸 표지를 표지 제작 업체에 외주를 맡겼었다. 맡긴 지 일주일이 아직 안 된 것 같았는데, 벌써 표지가 완성되었다니, 규현은 빨리 확인을 하고 싶어졌다.

"메일로 보내두었어요."

상현의 말에 규현은 서둘러 그가 보낸 메일을 열고 완성된 표지들을 확인했다. 표지를 확인하는 규현의 얼굴이 조금 굳었다. 결과물은 조금 실망스러웠다. 아무래도 이미지 표지다 보니 문학 왕국에서 연재 중인 다른 작품들과 비슷한 분위기를 풍기고 있었다.

마음 같아선 모두에게 귀환황제 전기나, 기사 이야기처럼 일러스트 표지를 주고 싶었지만 이제 막 유료로 전환해서 수입도 없는데, 비싼 일러스트 표지를 주문하는 것은 이르다고 생각했다. 매니지먼트를 차리면서 이것은 사업이 되었다. 마냥 규현이 번 돈으로 충당하는 것은 맞지 않았다.

"표지가 나왔네요. 메일을 보내놓을 테니까 확인하시고, 등록해 주세요."

그렇게 말하며 규현은 모두에게 각자의 표지를 메일로 보냈다. 다들 규현이 보낸 메일을 확인하고 표지를 작품 정보에 등록했다. 그날 매니지먼트 가람의 로고가 새겨진 표지를 가진 다섯 개의 작품이 문학 왕국에 업로드되었다.

*　　　　　*　　　　　*

유명세에 비하면 인기가 다소 없는 편이었지만 상진이 연재를 시작하면서 한숨 돌리게 된 찬호는 조금 여유를 가지고 신규 작가 영입을 위해 문학 왕국에 올라온 작품들을 둘러보고 있었다. 그러다 처음 보는 로고를 발견할 수 있었다.

"가람? 처음 보는 곳인데?"

찬호는 순위권 작품을 조금 더 살펴보았다. 분명 처음 보는 곳이었는데, 30위 안에 작품이 4개나 있었고, 그중에서 1개는 최상위권을 차지하고 있었다.

"티미가? 좋은 곳과 계약을 하고 있었을 텐데……."

찬호는 이해가 가지 않았다. 티미는 오성 북스와 계약한 작가였다. 그들은 성적도 상당히 좋으니 마음만 먹으면 차기작을 계속해서 계약할 수 있는 위치였다. 그런데 큰 출판사나 매니지먼트를 버리고 신생으로 보이는 가람과 계약을 했다. 무슨 상황인지 찬호는 알 수 없었다.

"강 주임."

"넵!"

그는 주석을 불렀다. 담당 작가의 원고 교정을 보고 있던 주석이 힘차게 대답하며 다가왔다.

"'가람'에 대해 모든 것을 알아봐."

"가람이요?"

"방금 봤는데 출판사인지, 매니지먼트인지는 모르겠지만 신생이야. 한번 알아봐."

"알겠습니다."

찬호의 지시에 주석은 고개를 끄덕인 뒤, 자리로 돌아가 가람에 대해 알아보기 시작했다. 알아본다고 해도 신생 매니지먼트라서 정보가 별로 없었다. 그래서 매니지먼트 가람의 블로그를 조사하는 것 외에는 정보를 알아낼 수 있는 방법이 없었다.

30분 동안 가람의 블로그를 철저히 조사한 주석은 그 내용을 정리하여 찬호에게 보고했다. 보고서를 읽어 내려가던 찬호는 티미뿐만 아니라 칠흑팔검도 차기작을 계약할 것 같다는 것을 확인할 수 있었다. 그리고 그는 익숙한 이름을 발견하고는 입꼬리를 끌어 올렸다.

"정규현. 이게 매니지먼트를 차렸어?"

그는 의미심장한 웃음을 지으며 사장실로 향했다. 그리고 이 모든 것을 보고했다.

"흐음."

찬호의 보고를 들은 리디스 미디어의 사장 철수는 눈살을 찌푸렸다. 처음 리디스 미디어에서 규현과 감정이 좋지 않았던 사람은 찬호와 주석이 전부였지만 규현의 리디스 미디어 저격으로 인해 화상 작가가 연중을 한 이후로 사장인 철수도 그에게 좋지 않은 감정을 가지게 되었다.

"가람은 아직 신생이지만 성적이 상당히 좋습니다. 밟으려면 지금 밟아야 합니다."

규현과의 트러블이 있었지만 리디스 미디어는 문학 왕국에 성공적으로 진출해서 자리를 잡았다. 그에 비해서 규현의 매니지먼트 가람은 성적은 좋지만 아직 자리를 잡았다고 하기엔 무리가 있었다.

보유한 작가의 수도 리디스 미디어가 훨씬 많았다. 그래서 리디스 미디어가 마음만 먹는다면 규현의 가람을 충분히 견제할 수 있었다. 견제 방법은 다양했다. 동일한 소재로 조직적인 저격을 할 수도 있고, 높은 순위의 작가들의 연재 시간을 가람 소속 작가들과 겹치게 만들어 순위를 떨어뜨리는 방법도 있었다.

"내가 밟으라고 하면, 확실하게 밟을 수 있어요?"

녹차를 한 모금 마시며 철수가 날카로운 눈빛을 보냈다. 찬호는 고개를 끄덕이며 입을 열었다.

"물론입니다. 정규현 작가 개인의 능력은 뛰어나지만, 다른 작가들은 다릅니다. 티미 작가와 칠흑팔검 작가는 무리지만, 다른 작가들은 확실하게 밟을 수 있습니다."

찬호는 솔직하게 말했다. 리디스 미디어엔 최상위권의 작가를 보유하고 있지 않았기 때문에 현지와 칠흑팔검을 밟고 올라가는 것은 무리가 있었다. 하지만 상진의 명성과 리디스 미디어의 크기를 보고 모여든 상위권과 중상위권의 작가들은 제법 많았기 때문에 가람의 다른 작가들을 충분히 견제할 수 있다고 생각했다.

"그럼 밟아요. 다시는 일어서지 못하도록. 우리 회사를 만만하게 본 대가를 치르게 하세요."

"알겠습니다."

폭풍이 시작되려 하고 있었다.

화요일 마지막 강의가 끝나고 규현은 가방을 챙겨 주차장으로 향했다. 문자 메시지가 도착했다는 것을 알리는 소리가 들리자 그는 주머니에서 스마트폰을 꺼냈다. 화면을 확인하니 지은에게서 문자가 한 통 도착해 있었다.

좋아하는 작가인 규현의 번호를 알아갔지만 지은은 그에게 방해가 될 것을 우려해 전화는 거의 걸지 않았고 문자 메시지도 자제하고 있었다. 부득이하게 전화를 걸 일이 있으면 미리 문자 메시지를 보내서 통화 가능 여부를 물었다.

지은의 그런 점이 규현은 마음에 들었다. 그렇지 않아도 차기작 때문에 골머리를 앓았는데, 지은이 쉴 틈도 없이 연락을 했다면 수신 거부 설정을 했을 것이다.

[오빠, 매니지먼트 시작했다고 들었어요. 오늘 인적자원관리 강의를 듣는데 오빠 생각이 났어요. 그래서 강의도 일찍 마친 김에 이렇게 문자 메시지 드려요. 오늘도 행복하고 좋은 되세요! 그리고 사업도 잘되길 기도할게요.]

규현은 입가에 미소를 그린 채 카페로 향했다. 그곳에서 아이스티 두 잔을 테이크아웃한 그는 경영학과가 있는 동으로 발걸음을 옮겼다. 이렇게 기분이 좋아지는 문자를 받으니 보답을 하고 싶었다.

[지금 어디야?]
[경영학과 휴게실이에요.]

규현이 문자 메시지를 보내기 무섭게 지은의 답장이 도착했다. 그녀의 답장을 확인한 규현은 경영학과 휴게실을 향해 발걸음을 옮겼다. 이윽고 경영학과 휴게실에 도착하자 뭔가를 열심히 쓰고 있는 지은의 모습을 볼 수 있었다. 휴게실에 다른 사람은 없었다.

"지은아."

규현은 그녀의 이름을 가볍게 부르며 그녀 앉아 있는 책상 위에 아이스티를 올려놓았다. 전공 책을 펼쳐놓고 열심히 필기를 하고 있던 지은은 노트를 덮으며 규현을 올려다보았다. 그러고는 입가에 미소를 그리며 입에 열었다.

"오빠, 오셨어요?"

그렇게 말하며 그녀는 아이스티를 한 모금 마셨다.

"아이스티 고마워요."

지은의 말에 규현은 대답 대신 미소를 보였다.

"고맙기는."

규현은 지은의 옆자리에 앉으며 대답했다. 지은은 그런 규현을 보며 입을 열었다.

"오빠, 저 궁금한 게 있어요."

"말해봐."

아이스티를 마시며 규현이 대답했다.

"오빠 사무실 위치가 어떻게 돼요?"

규현이 매니지먼트 가람을 설립했다는 소식을 들었을 때, 지은은 인터넷을 검색해서 그의 사무실 위치를 알아내려 했었다. 어찌어찌해서 블로그를 알아냈지만, 그곳엔 사무실 주소가 아직 나와 있지 않았었다.

"신사동에 있는 금진 빌딩이라는 데 알아? 바로 거기야."

규현은 사무실 위치를 말해주었다. 하은과 달리 지은은 자신을 귀찮게 하지 않기 때문이었다. 하은에게 알려주면 시도 때도 없이 사무실에 출현하겠지만, 지은은 그렇게 하지 않을 것이라 규현은 믿었다.

"거기 어딘지 알아요."

그녀는 의미심장한 표정으로 고개를 끄덕였으나, 규현은 그 모습을 미처 보지 못했다.

*　　　　*　　　　*

사무실로 돌아온 규현은 자신의 책상으로 이동하여 의자에 앉았다. 그리고 노트북을 꺼내 열었다. 사무실을 차리면 상당히 많이 바빠질 것이라고 생각했었지만 가장 귀찮은 잡무들을 경영학과 출신인 상현이 맡아서 처리해 주고 있는 덕분에 그렇게 많이 바빠지진 않았다.

규현이 노트북의 전원을 켠 순간 심각한 표정으로 노트북을 보고 있던 상현이 벌떡 의자에서 일어나 규현의 책상 앞으로 다가왔다.

"형, 급히 보고드릴 게 있어요."

"무슨 일 있었어?"

상현의 표정이 자못 심각했기 때문에 규현도 덩달아 심각해졌다. 평소의 웃음기 가득한 그의 얼굴이 아니었다. 그는 인쇄된 A4 용지 2장을 규현에게 건넸다. 그것을 받아든 규현은 침착하게 내용을 확인했다. 문학 왕국 베스트 메뉴를 인쇄한 것이었는데, 뭔가 이상했다.

"순위가 왜 이렇게 떨어졌지?"

현지와 칠흑팔검의 순위는 여전히 유지되고 있었지만 지석과 먹는 남자, 그리고 상현의 순위가 전체적으로 4에서 5단계 정도 떨어져 있었다. 1에서 2단계 정도 떨어지는 것은 으레 자연스러운 현상이었지만 4에서 5단계 정도로 순위가 한번에 떨어지는 것은 흔한 일은 아니었다.

"뒷면에 보시면 제가 필기해 놓은 게 있어요."

상현의 말에 규현은 A4용지 뒷면을 확인했다. 소설 제목과 그것을 연재 중인 작가의 필명이 손글씨로 적혀 있었다. 뭔가 이상해서 인쇄된 A4용지 앞면을 다시 확인해 보았다.

상현이 적은 작가들의 작품이 모두 가람의 소속 작가들의 연재 시간에 맞춰서 연재되고 있었다. 규현은 연재 시간이 겹쳐서 순위가 밀려 나는 것을 막고 순위를 고르게 분배하기 위해 현지와 칠흑팔검을 제외한 3명의 작가들의 연재 시간을 다르게 배치했었다.

규현의 기억이 정확하다면 상현이 적어놓은 10명 넘는 작가들의 연재 시간이 다들 흩어져 있었다. 일부러 그들과 연재 시간을 다르게 소속 작가들을 배치했었기 때문에 확실히 기억하고 있었다. 그런데 갑자기 담합이라도 한 것처럼 가람 소속 작가들을 저격하고 있으니, 이해가 쉽게 가지 않는 상황이었다.

"갑자기 단체로 약이라도 잘못 먹었나? 왜 이러는 거지?"

"형, 문학 왕국 접속해서 명단의 작가들 표지 확인해 보세요."

상현의 말에 규현은 서둘러 문학 왕국에 접속했다. 그리고 한 명, 한 명의 서재에 들어가 표지를 확인했다. 그런데 표지를 확인한 작가의 수가 늘어날수록 규현의 표정이 심각해졌다. 모두 리디스 미디어의 작가들이었다.

"모두 리디스 미디어군."

규현의 혼잣말을 들은 상현은 고개를 끄덕였다. 설마 리디스 미디어를 적으로 만든 후폭풍이 이렇게 찾아올 줄은 몰랐다.

"저는 아직 문학 왕국에 대해 자세히는 모르지만, 이렇게 자기네들 소속 작가들끼리 많이 겹치면 손해가 조금 있을 것이라고 생각해요."

"아마도 그렇겠지."

상현의 말에 규현은 고개를 끄덕였다. 분명 리디스 미디어도 손해를 보겠지만 가람에 비하면 새 발의 피일 것이다. 순위가 크게 하락하면서 베스트 20위 안에 들어갔던 지석과 먹는 남자가 20위 밖으로 밀려나게 되었다. 20위 안에 들어가면 문학 왕국 메인에 노출되기 때문에 조회수와 선작이 크게 상승할 수밖에 없는 구조였다. 그래서 문학 왕국에 연재하는 작가들이라면 20위 끝자락에라도 걸치고 싶어 했다.

"조금 심각하네."

규현은 혼잣말을 중얼거리며 급한 대로 지석과 먹는 남자의 작품 스탯을 확인했다. 예상했던 대로 예상 구매 수가 떨어졌다. 규현은 눈살을 찌푸렸다. 구매 수 하락은 곧 작가와 매니지먼트가 벌어들이는 돈이 줄어든다는 것을 의미했다.

특히 소속 작가의 수가 많지 않은 가람의 입장에선 작가 한 명의 부진이 치명적이었다. 그런데 3명이 한꺼번에 견제를 받았으니, 상황은 좋지 않았다. 최악의 경우 전자책 플랫폼으로 돌리기 전까지 수입이 크게 줄어들 수도 있었다.

"진짜 약을 잘못 먹으셨나."

규현은 이를 악물었다. 그는 이제 리디스 미디어와 엮일 생각이 없었는데, 리디스 미디어는 아닌 것 같았다. 이건 마치 선전포고와도 같았다.

"후우!"

규현은 심호흡을 하며 등받이에 몸을 기댔다. 그러면서 시선을 위로 올려 먹는 남자와 지석을 살폈다. 메인 노출에서 밀려나는 치명적인 피해를 입은 두 작가의 기분은 설명하기 힘들 정도로 좋지 않을 것이다.

열심히 글을 쓰고 있던 먹는 남자는 규현의 시선을 느끼고는 그를 보며 어색한 미소를 흘렸으나, 지석은 눈조차 마주치지 않았다. 심성이 착한 먹는 남자와는 다르게 노트북 화면을 뚫어져라 보고 있는 그의 표정은 썩어 있었다.

"이거 리디스 미디어에서 시비 거는 거 아니에요? 우리도 뭔가 대응을 해야 하지 않아요? 현지와 칠흑팔검 작가님의 연재 시간을 바꾼다던지."

"시비를 건다고 해서 똑같이 시비를 거는 것으로 대응하면 똑같은 수준만 될 뿐이야."

상현의 말에 규현은 고개를 저으며 대답했다. 같은 수준이 될 수는 없었다. 무엇보다 이런 일이 생기면 날뛰었던 지난날과는 다르게 지금은 혼자가 아니었다. 모든 일에 신중하게 행동할 필요가 있었다.

"그럼 어떻게 하실 거예요? 베스트 20위에서 밀려나면 손해가 커요. 당장 구매 수에 영향이 갈 거예요."

"이게 만약 전쟁이라면, 우리는 공격을 하지 않는다."

"그렇다면……."

상현이 두 눈을 가늘게 뜨고 물었다. 규현은 고개를 끄덕이며 입을 열었다.

"우린 방어에만 집중하면 돼. 공격보단 방어가 유리해."

"방어요?"

"그래. 일단 글의 퀄리티를 높이는 것에 집중해. 퀄리티를 올려서 우리와 연재 시간을 겹치게 한 것을 후회하게 만드는 거다."

"…형, 노력은 해보겠는데, 쉽지는 않을 것 같아요."

연재 중인 글의 퀄리티를 높인다는 것은 상현의 말대로 쉽지만은 않은 일이었지만 반드시 해야만 했다. 그렇게 하지 않으면 가람은 치명상을 입게 될 것이다.

마음 같아서는 싸움을 피해 도망치고 싶었지만, 지금 리디스 미디어의 행동을 보아하니, 그들은 가람 소속 작가들이 연재 시간을 바꿔도 따라와서 견제 행동을 계속할 게 분명했다.

가람이 아직 작고 힘이 없어서 같이 맞대응을 하는 것은 무리겠지만, 상대편의 창을 꺾는 것 정도는 할 수 있다. 규현은 상현을 보며 입을 열었다.

"따지고 보면 세상에 쉬운 일은 없지. 하지만 내가 옆에서 도와줄 테니까 그렇게 어렵지는 않을 거야."

"후우, 노력해 볼게요."

상현은 한숨과 함께 그 말을 남기고는 자신의 자리로 돌아갔다. 그리고 규현은 두 눈을 빛내며 이상진 작가의 필리어스의 혈향을 다시 한번 읽어 보았다. 다시 읽어도 기사 이야기와 비슷한 부분을 어렵지 않게 찾을 수 있었다.

필리어스의 혈향을 읽은 규현은 다시 차기작 프롤로그를 쓰기 시작했다. 이윽고 프롤로그가 완성되었고, 규현은 비밀글로 문학 왕국에 올려 보았다. 그리고 스탯을 확인했다.

[악마의 검]
분류: 현대 판타지.
종합 등급: B.
30일 뒤 예상 24시간 구매 수: 약 6,000.

제목 그대로 현대에 괴수와 악마의 검이 등장하기 시작하면서 벌어지는 이야기로 현대 판타지였다. 예상 구매 수는 6,000으로 나쁜 편은 아니었지만 이걸로 가람 소속 작가들을 지원하고 리디스 미디어의 작가들을 견제하기엔 부족했다. 적어도 구매 수 10,000 이상의 B급 소설이나 A급의 소설이 필요했다.

규현은 고개를 돌려 사무실 책장을 향해 시선을 옮겼다. 책장에 꽂힌 기사 이야기가 그의 눈에 들어왔다.

'기사 이야기 2부를 쓸까?'

규현은 생각했다. 보통 성공한 작품의 후속작을 쓰는 경우, 기존의 독자들이 많이 따라오기 때문에 스탯이 상향 조정되는 경우가 많았다. 문학 왕국에서 2부가 나온 작품들을 보면, 1부와 2부를 비교할 때 구매 수는 차이가 나지만, 그 작품의 수준에 비해 구매 수가 많이 나오는 것을 심심찮게 확인할 수 있었다.

"후우."

"하아."

규현은 상당히 고민했지만 여기저기서 들려오는 한숨 소리와 상현과 먹는 남자, 그리고 지석의 어두운 표정을 보자 생각을 굳힐 수 있었다. 그는 오랜만에 기사 이야기 줄거리와 설정이 적혀 있는 문서를 열었다.

기사 이야기의 설정과 줄거리가 정리되어 있는 문서 파일을 열어보는 것은 오랜만이었다. 기사 이야기의 최종화 원고를 보내고 나서 그동안 한 번도 열어보지 않았었다. 가끔 기사 이야기에 대한 막연한 그리움이 찾아왔을 때, 열어보고 싶은 생각이 들긴 했지만 끝내 열어보지 않았다.

마치 컴퓨터에 봉인되다시피 한 문서 파일이 정말 오랜만에 열렸다. 하얀 바탕에 익숙한 내용의 글귀가 보였다. 규현은 입가에 희미한 미소를 머금은 채 기사 이야기의 줄거리를 쭉 훑어보았다. 파비앙이 기사가 되기 위해 여행을 떠나는 것부터 마침내 왕국 연합과의 마지막 전투에서 승리하고 돌아오는 부분까지.

규현이 다시 파비앙이 되어 무사히 여행을 끝마쳤을 땐 회의 시간이 코앞으로 다가와 있었다. 이미 상현을 제외한 다른 사람들은 모두 회의실에 들어가 있었다. 규현도 서둘러 노트북을 챙긴 후 회의실 안으로 들어갔다. 상현은 탕비실에서 커피를 준비하고 있었다.

"뭔가, 오랜만에 집중하고 계시더군요. 그래서 말없이 먼저 들어와 있었습니다."

규현이 회의실 안으로 들어가자 칠흑팔검이 부드러운 미소를 지으며 말했다. 이윽고 상현이 커피를 가득 채운 종이컵 다섯 개를 가지고 와서 각자의 앞에 놓았다.

"감사합니다."

"고마워요."

커피를 받은 작가들이 그에게 가볍게 감사 인사를 건넸다. 상현도 미소로 답한 뒤 자신의 자리를 찾아가 앉았다. 규현은 중앙의 의자에 앉아 자못 심각한 표정으로 입을 열었다.

"다들 알고 계시겠지만, 리디스 미디어에서 저희 회사에 대한 견제를 시작한 것 같습니다."

모두 심각한 표정으로 고개를 끄덕였다. 그중에서도 리디스 미디어의 견제로 인해 가장 많이 손해를 본 지석이 눈살을 찌푸리며 입을 열었다.

"리디스 미디어가 도대체 왜 이러는 겁니까? 저도 잘은 모르지만 아는 작가님에게 물어보았습니다. 보통 출판업계에서 서로 견제는 하는 편이지만, 이렇게 직접적으로 견제하는 경우는 없다고 하더군요."

규현을 보는 지석의 두 눈동자가 날카롭게 빛났다.

"대표님, 혹시 리디스 미디어와 척이라도 지셨어요?"

숨길 이유는 없었기 때문에 규현은 모두에게 리디스 미디어와 있었던 일들은 간단하게 정리하여 설명했다.

"오빠, 이거 절대로 가만히 있으면 안 돼요."

가장 먼저 분노한 것은 현지였다. 그녀는 오랜만에 차갑게 굳은 얼굴을 보이며 손톱을 살짝 깨물었다.

"갑질이 조금 심하긴 하네요."

칠흑팔검도 썩 유쾌한 표정은 아니었다. 상현과 먹는 남자는 침묵을 지켰고, 지석은 어이를 상실했다는 표정으로 입을 열었다.

"대표님, 예전부터 매니지먼트 차릴 생각을 하셨다고 했죠?"

"그랬죠."

지석의 말에 규현은 고개를 끄덕이며 대답했다. 지석이 다시 입을 열었다.

"출판업계는 좁은데, 조금 양보를 하시지 그랬어요. 리디스 미디어가 전력으로 나오면 가람 소속 작가들, 저희만 죽어나가요."

"그럴 일은 없을 겁니다."

규현이 자신만만하게 말했으나 지석은 눈살을 찌푸렸다. 리디스 미디어는 판타지 제국에 비하면 작다고 할 수 있지만 역사도 있고 무수히 많은 다른 출판사나 매니지먼트에 비하면 규모도 큰 편이었다. 그런 거물과 이제 막 업계에 발을 들인 신생 매니지먼트가 싸움이 될 리가 없다고 그는 생각했다.

하지만 규현의 생각은 달랐다. 리디스 미디어가 큰 회사이긴 했지만 불법적인 일을 제외하면 가람을 견제할 수 있는 방법이 한정되어 있었다. 대표적인 게 베스트 점령으로 가람 소속 작가들을 20위권 밖으로 밀어내는 것이었다.

가람 입장에서 볼 때는 어느 정도 타격이 있지만 아주 치명적인 타격은 아니었다. 그러나 지석과 먹는 남자와 같은 작가 개인으로 볼 때는 아주 치명적인 타격이었다. 특히 지석은 이전 작품이 망한데다 전업 작가를 꿈꾸고 있었기 때문에 지금 이 상황이 매우 불쾌하고 짜증 났다.

"작가님."

규현은 차분한 목소리로 지석을 불렀다. 규현의 차분한 목소리에 조금 진정이 되는 것인지 지석은 한결 차분해진 얼굴로 규현을 보았다.

"네."

"제가 말씀드렸죠? 성공하게 해드린다고."

규현의 말에 지석은 고개를 끄덕이며 입을 열었다.

"분명 그렇게 말씀하셨죠."

"저를 믿어주셔서 순위가 꽤 많이 오르셨습니다. 이번에도 믿어주신다면 결과로 보여 드리죠."

지석은 대답이 없었다. 고민하는 기색이 역력했다. 하지만 곧 그는 결정을 내렸다.

"믿어보겠습니다, 대표님."

어차피 가람과 계약했기 때문에 어쨌건 지금 작품은 함께할 수밖에 없었다. 이왕 함께 가는 거 규현을 믿어보기로 했다. 지석이 규현을 안 것은 오래되지 않았지만, 그동안의 행동을 볼 때 그가 결코 리디스 미디어에 고개를 숙이는 일은 없을 것이라고 생각했다.

"오늘 회의에서 원고 교정은 없습니다. 대신 앞으로의 계획을 설명드리겠습니다."

규현의 말에 소속 작가들의 표정이 자못 비장해졌다. 마치 전쟁에 임하는 군인들 같았다.

"일단 저희는 적극적인 대응은 하지 않을 겁니다. 괜히 대응했다가 리디스 미디어 측에서 언플로 공격하면 되레 우리 쪽이 곤란해집니다."

리디스 미디어의 견제에 대응하여 섣불리 반격하다간 언플에 당할 수도 있었다. 언론 플레이라고 해보았자, 파워 블로거들을 섭외하고 댓글 알바들을 고용하는 수준이겠지만, 가람처럼 신생 매니지먼트에겐 치명적일 수 있었다.

"그러면 당하고만 있을 건가요?"

현지가 날카로운 목소리로 물었다. 규현의 계획이 마음에 들지 않은 모양이었다.

"아니. 내가 미쳤다고 당하고만 있을까? 우리가 먼저 공격하지는 않겠지만, 들어오는 공격은 모두 박살 낸다. 리디스 미디어가 망할 때까지."

말을 끝내는 규현의 눈빛이 날카롭게 빛났다. 당하고만 있을 생각은 없었다. 먼저 공격하진 않겠지만, 들어오는 공격은 철저하게 박살 낼 생각이었다. 날카로운 창으로 찌른다면 튼튼한 방패로 창을 막을 뿐만 아니라 부러뜨린다. 그것이 규현의 계획이었다.

"구체적인 계획이라도 있으신가요?"

칠흑팔검이 물었다. 구체적이진 않지만 대략의 큰 그림은 그려둔 상태였다.

"일단은 제가 먹는 남자 작가님과 유지석 작가님, 그리고 제이드 작가의 연재 시간을 통일할 겁니다."

"과연. 그렇게 하면 효과가 있겠군요."

현재 인원이 추가되어 14명 정도되는 리디스 미디어의 작가들이 먹는 남자에게 5명 지석에게 6명 그리고 상현(제이드)에게 3명 정도 나뉘어 붙어 있었다.

가람 소속 작가들을 마킹하고 있는 각 작가들의 조회수는 맡은 작가에 비해 높은 수준이었다. 하지만 그렇게 많이 높은 수준은 아니었다. 그리고 먹는 남자를 마킹하고 있는 작가들과 지석을 마킹하고 있는 작가들의 조회수는 제법 차이가 나는 편이었다.

즉, 가람 소속 작가들의 연재 시간이 통일되면 필연적으로 14명 중에서 상당수는 다른 연재 시간을 찾아야 하는 상황이 찾아온다. 그렇지 않으면 리디스 미디어의 작가들끼리 겹쳐서 20위 안에 노출되는 시간이 상당히 줄어들거나, 아예 밀려 나서 24시간 내내 20위 안에 들어가지 못하는 상황이 발생할 것이다.

"리디스 미디어도 아마 손해 보는 행동은 하지 않을 겁니다."

규현이 말했다. 리디스 미디어가 규현을 싫어하긴 했지만, 자신들의 손해를 감수하면서까지 견제하지는 않을 것이다. 물론 연재 시간을 통일하는 것으로 가람도 조금 피해는 입을 것이다. 하지만 얻는 것이 더 많았다.

"그리고 소속 작가님들의 순위가 오를 수 있도록 적극 서포트하겠습니다."

"확실히 대표님이 글을 봐주면 많은 것이 달라지죠."

규현의 말에 칠흑팔검이 긍정적인 반응을 보였다. 그의 긍정적인 반응에 규현은 입가에 미소를 머금은 채 다시 입을 열었다.

"마지막으로 문학 왕국의 배너 하나를 확보하겠습니다."

"배너 비싼 걸로 알고 있는데, 괜찮겠어요?"

칠흑팔검이 걱정스러운 시선을 보냈다. 문학 왕국은 이용자 수가 적지 않은 편이었고, 대부분의 이용자들에게 노출되는 배너는 이용료가 비싼 편이었다. 특히 여러 가지 배너 중에서 장시간 노출되는 중앙 배너의 이용료는 상상을 초월할 정도였다.

"그래서 교차 배너를 빌릴 생각입니다."

규현은 중앙 배너보다는 이용료가 저렴한 교차 배너를 빌릴 생각이었다. 교차 배너는 메인 배너보다 스크롤을 조금 내려야 보이는 배너로, 여러 작품이 교차해서 노출되고 그 속도가 빠른 편이었기 때문에, 그렇게 효과가 뛰어나다고 볼수는 없었지만 없는 것보단 나았다.

"교차 배너 지금 전부 다른 출판사나 매니지먼트들이 사용 중인 걸로 아는데……."

현지가 중얼거렸다.

"알고 있어. 그래서 배너를 점유하고 있는 다른 출판사나 매니지먼트와 협상을 할 생각이야."

"쉽지는 않을 겁니다."

규현의 말에 칠흑팔검이 굳은 얼굴로 말했다. 현재 교차 배너를 독식하고 있는 곳은 판타지 제국, 파란책, 오성 북스였다. 남는 배너가 없고 협상할 대상은 자신들밖에 없다는 것을 잘 알고 있을 것이다. 높은 확률로 많은 양의 이용료를 요구할 것이다.

"저도 알고는 있지만, 할 수밖에 없죠. 걱정 마세요. 가서 반드시 승리하고 돌아오겠습니다."

"믿겠습니다."

먹는 남자가 말했다. 규현은 몇 가지 전달해야 될 내용을 전달한 뒤, 회의를 끝마쳤다.

"저는 사무실에 조금 있다가 가겠습니다. 집보다는 여기서 작품 구상하는 게 더 편하고 소재도 잘 떠올라서요."

얼마 전에 칠흑마검기를 완결한 칠흑팔검은 차기작을 준비

중이었다. 그의 말에 규현은 흔쾌히 고개를 끄덕인 뒤 상현, 그리고 현지와 함께 사무실을 나왔다. 주차장에서 두 사람과 헤어진 규현은 곧바로 집으로 돌아갔다.

다음 날 아침 규현은 일찍 일어나 학교로 향했다. 강의가 끝나고 남는 시간에 오성 북스에 전화를 걸어보았지만, 협상 자체를 시작하지도 못했다. 주력 작가인 현지를 빼간 것에 대해 감정이 좋지 않은 것 같았다.

"결국 파란책밖에 없나……."

스마트폰을 내려다보며 규현이 중얼거렸다. 오성 북스에선 거절 의사를 밝혔고, 끝이 좋지 않았던 판타지 제국도 불 보듯 뻔할 것이다. 그리고 배너를 하나씩 가지고 있는 다른 출판사나 매니지먼트들은 자신들이 사용해야 하기 때문에 내놓지 않을 확률이 매우 높았다. 그렇다면 남은 것은 파란책뿐이었다.

'적을 만들지 마라는 말이 맞았군.'

규현은 눈살을 찌푸렸다. 누군지 기억은 안 나지만 누군가 말했었다. 좁은 출판업계에서 적을 만들지 말라고, 그것을 뒤늦게 깨닫게 되는 규현이었다.

그는 다른 생각을 접고 파란책의 기획팀장 규태에게 전화를 걸었다. 통화 대기음이 끝나고 규태가 전화를 받았다.

─작가님! 오랜만입니다!

이제 더 이상 파란책의 소속 작가가 아님에도 불구하고 규태는 반가운 목소리로 전화를 받았다. 그의 반응에 규현은 살짝 감동했다. 그는 천천히 자신이 전화를 건 이유를 설명했다.

─배너 문제는 저 혼자서 결정할 수는 없어요. 하지만 사장님께 보고드리겠습니다. 걱정 마세요. 좋은 결과가 나올 수 있게 제가 최선을 다하겠습니다.

"부탁드리겠습니다."

─네, 작가님. 좋은 하루되세요.

전화 통화가 끝났다. 이제 기다리는 일만 남았다.

"배너라……."

규현과의 전화 통화를 끝낸 규태는 말끝을 흐리며 두 눈을 가늘게 떴다. 그는 하고 있던 업무를 잠시 중단하고 사장실로 급히 달려갔다. 사장실 문을 가볍게 노크하자 들어와도 좋다는 허락이 떨어졌다. 조심스럽게 문을 열고 들어가자 휴대용 게임기를 가지고 즐거운 시간을 보내고 있는 파란책 사장 강광진의 모습을 볼 수 있었다.

"조 팀장, 무슨 일이에요?"

사장실 안으로 들어오는 규태를 본 광진은 휴대용 게임기를 내려놓으며 말했다.

"사장님, 사실은 가람에서 저희가 보유하고 있는 교차 배너 대여를 원하고 있습니다."

규태는 자신이 찾아온 이유를 보고했다. 그의 보고를 들은 광진은 의자 등받이에 몸을 기대며 잠시 고민했다.

"가람은 신생 매니지먼트지만 성장 가능성이 충분합니다. 우호적인 관계를 맺는 게 좋다고 생각합니다."

규태는 규현이 설립한 매니지먼트 가람이 크게 성공할 것이라고 믿었다. 그가 보기에 규현은 작가를 보는 눈이 있었다. 실제로 그가 영입한 3명의 무명 작가 중에, 2명이 크게 성공했다. 어쩌면 보는 눈뿐만 아니라 기획하는 능력까지 있을지도 모른다.

19장

매니지먼트 가람 II

　기획하는 능력과 작가를 보는 눈. 이 두 가지는 출판업계에서 가장 중요한 능력이었다. 그런 의미에서 규현이 있는 가람은 성장 가능성이 충분하다고 규태는 생각하고 있었다.

　"흐음……. 조 팀장의 의견에는 저도 동의하지만, 가람은 적이 너무 많지 않아요? 지금 리디스 미디어만 해도 가람을 견제하고 있고 판타지 제국도 딱히 가람에게 우호적이진 않은 것 같은데 말이죠."

　광진이 말했다. 그의 말도 맞았다. 규현의 다소 경솔한 행보 탓에 리디스 미디어를 완전히 적으로 돌렸고, 판타지 제국 또한 가람에게 우호적이진 않았다. 대한민국의 출판업계는 좁다. 그래서 적을 만들면 성장하기 힘들었다.

"하지만 그의 사업적인 수완은 대단할 정도입니다. 칠흑팔검 작가님은 공과 사를 확실하게 구분하는 분이십니다. 얼마 전에 오성 북스의 사람을 만났는데, 티미 작가도 비슷한 류라고 합니다. 분명 정규현 작가가 뭔가 그들에게 달콤한 조건을 제시했을 겁니다."

"아마도 그렇겠죠."

광진은 고개를 끄덕이며 긍정했고 규태는 다시 입을 열었다.

"그리고 그가 추가로 영입한 3명의 작가, 그중에서 2명이 상당히 좋은 성적을 거두고 있습니다. 작가 보는 눈이 상당히 좋다고 볼 수 있습니다."

현재 매니지먼트들의 사업 방식은 최대한 많은 작가들을 영입하는 것이었다. 전자책은 유통비를 제외하면 비용이 거의 없기 때문에 졸작이 나오더라도 피해는 크지 않다.

20명의 작가를 영입했을 때, 작가 3명이 성공하고 17명의 작가가 망하더라도 3명의 성공한 작가가 그 회사를 먹여 살린다. 그래서 전자책을 베이스로 하는 매니지먼트나 출판사일 경우 물량으로 밀어붙이는 경향이 강한데, 규현은 새로 영입한 신인 작가 3명 중 2명이 괜찮은 성적을 거둔 것이었다.

"확실히 이상할 정도로 수완이 좋긴 했죠. 유지석 작가도 그렇고, 먹는 남자 작가도 그렇고 원래 성적이 안 좋았던 작가들이었는데……."

"솔직히 저도 정규현 작가가 그들을 영입할 때만 해도 미친 게 아닌가 생각이 들었습니다."

규태는 솔직하게 말했다. 요즘 매니지먼트가 작가들을 청소기처럼 빨아들여 계약하는 경향이 있긴 하지만, 최소한의 기준이 있었다. 먹는 남자와 유지석 작가는 그 최소한의 기준에 들어가지 못하는 경우였다.

"그런데 그들의 성적이 상당히 좋았습니다."

규태의 말에 광진은 고개를 끄덕였다.

"문학 왕국에 저희가 낸 금액보다 조금 더 많은 양의 이용료를 요구하면 저희도 손해 보는 장사는 아니라고 생각합니다. 자금도 조금이나마 확보할 수 있고, 우호적인 관계를 구축할 수 있으니까요."

규태의 말에 광진은 두 눈을 가늘게 뜨고 고민했다. 한참 동안 고민한 그는 이내 고개를 끄덕이며 결정을 내렸다.

"좋아요. 조 팀장이 맡아서 진행하도록 하세요. 다만, 이용료는 제가 납득할 수 있는 정도여야 됩니다."

"물론입니다, 사장님."

　사무실에서 퇴근해 원룸으로 돌아온 지석은 한숨과 함께 매트리스 위에 몸을 던졌다. 어둡고 작은 원룸에서 그를 반기는 사람은 아무도 없었다. 매트리스에 누워 힘없이 천장을 보던 그는 한숨과 함께 몸을 일으켜 불을 켰다. 그리고 가방에서 노트북을 꺼내 책상 위에 올렸다.

　"혹시 모르니까 한 번만 더 확인해 보자."

　지석은 노트북을 열고 문학 왕국에 들어갔다. 오늘 사무실에서 순위를 확인했지만, 시간이 한 시간 이상 지났으니, 순위가 변동되었을 것이다. 부디 순위가 상승했기를 기대하며 지석은 순위를 확인했다.

　20: 검은 의도(가을 바람)

　21: 레이드 계약자(유지석)

　22: 제 3차 세계대전(수리온)

　평소처럼 아슬아슬하게 메인에 노출되는 20위 밖으로 밀려나 있었다. 리디스 미디어가 견제를 시작한 이후 15위까지 올라갔었고 낮아도 17위를 유지하고 있던 순위가 크게 밀려나 지금은 21위에서 22위를 유지하고 있었다.

"욕 나오네."

지석은 차오르는 욕설을 간신히 삼켰다. 순위는 별로 차이가 안 나는 것 같았지만 20위 안과 밖은 차이가 컸다. 20위 안은 메인에 노출되기 때문에 선작과 조회수가 많이 상승하는 편이었다. 그래서 모두가 20위 안에 들어가기 위해 노력한다.

"씨발!"

결국 지석은 화를 참지 못하고 욕설을 내뱉고 말았다. 그는 노트북을 거칠게 닫고 매트리스에 몸을 던졌다. 천장을 향해 고정된 그의 눈동자에 이슬이 맺혔다. 서러움에 눈물이 나려 했다.

글쓰기를 반대하는 부모님에게 인기 작가가 되어서 돌아오겠다고 큰 소리를 치며 독립한 지도 제법 시간이 흘렀다. 그동안 지석은 깊은 심해에서 방황했었다. 하나 호기(好機)로 규현을 만나 마침내 빛을 보았으나, 심해의 유령들이 질투라도 한 것인지 수면으로 떠오르기도 전에 리디스 미디어의 견제가 시작되었다.

그의 양 뺨을 타고 눈물이 흘러내렸다. 잘나가는 작가들을 생각하니, 부럽고 분해서 미칠 것만 같았다. 자신도 잘나가는 인기 작가 대열에 끼고 싶었다. 규현의 도움으로 어느 정도 인기 작가가 되었다고 생각했었다. 하지만 지금은 한순

간의 꿈으로 느껴졌다.

"순위… 순위를 확인해야 해."

다시 한 시간이 지나자 그는 병적인 모습을 보이며 다시 순위를 확인했다. 순위를 확인하는 그의 눈동자에서 광기가 느껴질 정도였다.

"안 돼……."

지석의 눈동자에 절망이 깃들었다. 여전히 순위는 20위 밖이었다. 크게 실망한 지석은 댓글 확인을 위해 서재에 들렀다가 새로운 쪽지가 도착했다는 아이콘이 활성화된 것을 볼 수 있었다. 그는 마우스를 움직여 쪽지함을 클릭했다. 그리고 새로운 쪽지를 확인할 수 있었다.

[안녕하세요, 유지석 작가님. 리디스 미디어입니다.]

*　　　　　*　　　　　*

공강인 금요일. 규현은 평소보다 이른 시간에 사무실로 출근했다. 당연히 자신이 제일 먼저 왔을 것이라 생각했지만 사무실 문을 열려 있었고, 들어가 보니 칠흑팔검이 탕비실에서 피로회복제를 들고 나오고 있었다.

"좋은 아침입니다, 대표님."

칠흑팔검이 고개를 살짝 숙이며 인사를 했다.

"좋은 아침입니다, 작가님. 오늘도 일찍 오셨네요."

"저야 뭐, 집에 있어 봤자 딱히 할 일도 없어서 말이죠."

그렇게 말하며 칠흑팔검은 탕비실로 돌아가 냉장고에서 피로회복제를 하나 더 꺼내 규현의 책상에 올려두었다.

"감사합니다."

규현은 자리에 앉아 문학 왕국을 베스트를 살폈다. 연재 시간을 통일한 덕분에 리디스 미디어의 작가들이 많이 떨어져 나갔지만, 여전히 몇 명은 붙어 있었다. 두 눈을 가늘게 뜨고 연재 시간이 겹친 리디스 미디어의 작가들을 한 명씩 살피고 있을 때 송현지가 문을 열고 들어왔다.

"안녕하세요!"

그녀는 밝게 인사하며 자리에 앉았다. 칠흑팔검과 현지는 직접적인 견제를 받지 않고 있었기 때문에 컨디션이 괜찮아 보였다. 하지만 이윽고 문을 열고 들어온 지석의 표정은 상당히 어두웠다.

그는 뭔가를 숨기고 있는 사람처럼 주변 눈치를 살피며 자신의 자리를 찾아가 앉았다. 그는 노트북을 꺼내 책상 위에 올려두고 주변 눈치를 살피며 키보드를 두드리기 시작했다. 그리고 얼마 지나지 않아서 먹는 남자가 사무실 문을 열고 들어왔다.

"대표님, 저 어제 이상한 쪽지를 받았습니다."

먹는 남자의 말에 키보드를 분주히 두드리고 있던 지석의 손이 멈췄고 규현도 문학 왕국에서 나와 먹는 남자를 보며 입을 열었다.

"말해보세요."

"보여 드리는 게 더 빠를 것 같습니다."

그렇게 대답한 먹는 남자는 규현의 노트북으로 문학 왕국에 들어갔다. 그리고 자신의 계정으로 로그인했다. 그는 마우스를 움직여 쪽지함을 클릭했다.

[안녕하세요, 먹는 남자 작가님. 리디스 미디어입니다.]

리디스 미디어에서 온 쪽지가 있는 것을 확인한 규현은 눈살을 찌푸렸다. 설마 이렇게 나올 줄은 몰랐다.

"내용을 읽어보세요. 어이가 없어서 웃음도 안 나오는 말들이 적혀 있습니다."

먹는 남자의 말에 규현은 리디스 미디어가 보낸 쪽지를 클릭했다. 마우스를 클릭하는 소리에 키보드 위에 떠 있는 지석의 손가락이 살짝 떨렸다.

"미쳤군."

규현은 욕설을 내뱉었다. 리디스 미디어의 쪽지는 차기작을 같이하고 싶다는 내용의 쪽지가 아니었다. 지금 쓰고 있는 작품을 가람이 아닌, 자신들과 할 의향이 없냐고 묻고 있었다. 제일 가관인 것은 가람과의 계약을 해지할 의향이 있다면 모든 지원을 아끼지 않겠다는 말이었다.

"이건 좀 심각하네요. 일단 캡처해 두는 게 좋을 것 같습니다."

어느새 곁으로 다가온 칠흑팔검이 조언했다.

"오빠! 당하고만 있을 건 아니죠?"

현지는 분노했다. 그녀의 눈동자에서 깊은 분노가 느껴졌다. 규현은 의자 등받이에 몸을 기대었다. 당연히 가만히 당하고 있을 생각은 없었다.

"형! 제가 어제……."

"리디스 미디어로부터 쪽지를 받았다고?"

다급하게 문을 열고 들어오는 상현의 말허리를 규현이 잘랐다. 상현은 머리를 긁적이며 자리에 앉았다. 먹는 남자와 상현이 쪽지를 받았다. 현지와 칠흑팔검은 쪽지를 받지 않은 것 같았지만 지석은 쪽지를 받았을 확률이 높았다.

"유지석 작가님, 쪽지 받으셨죠?"

규현의 물음에 지석의 눈동자가 지진이라도 난 것처럼 심하게 흔들렸다. 그는 애써 태연한 척하려고 뒤늦게 키보드를 열심히 두드렸지만 소용없었다. 이미 지진이라도 난 것처럼 떨리고 있는 그의 눈동자가 규현에게 진실을 말해주고 있었다.

"쪽지 받으셨군요."

규현의 말에 지석은 대답하지 않았다. 하지만 규현은 그가 쪽지를 받았다고 결론 내릴 수 있었다.

"어떻게 할 거예요?"

현지가 물었다. 리디스 미디어가 가람 소속 작가 3명에게 보낸 3통의 쪽지. 쪽지 내용으로 보았을 때, 이건 선전 포고와 다를 바 없었다. 말 그대로 리디스 미디어가 가람에 전쟁을 선포한 것이라고 볼 수 있었다.

"당하고만 있으면 재미없겠지?"

"물론이죠."

규현의 물음에 현지가 고개를 끄덕이며 대답했다.

현지의 말을 듣고 규현은 기사 이야기 2부를 연재하기로 마음먹었다. 실은 얼마 전부터 결심했었지만 조금 흔들리고 있었던 것이 사실이었다. 하지만 최근 리디스 미디어의 행보가 규현의 결심이 흔들리지 않고 자리를 잡을 수 있도록 도와주었다.

기사 이야기 2부를 연재하게 된다면 전작의 독자들을 어느 정도 끌어올 수 있기 때문에 구매 수도 안정적으로 확보할 수 있었고, 기사 이야기를 은근히 카피하고 있는 이상진을 역공격할 수도 있었다.

그가 티 나지 않게 카피했다고는 하지만, 그것도 지금 기사 이야기가 완결이 난 상황이라 모두가 확신하지 못하고 있는 것이었다. 기사 이야기 2부가 연재된다면 분명 어떤 방식으로든 타격이 갈 것이다. 거기다 연재 시간까지 상진과 동일하게 하면 치명타를 줄 수 있을 것이다.

현재 기사 이야기 웹툰도 잘나가고 있었고 나이버 메인 배너에 광고까지 들어가 있었다. 기사 이야기 2부를 연재한다면 원작의 2부이기 때문에 분명 웹툰의 상승효과에 몸을 실을 수 있을 것이다.

"칠흑팔검 작가님."

"예, 대표님."

규현은 칠흑팔검을 불렀다. 규현의 곁에 있다가 자신의 자리로 이동한 칠흑팔검이 규현을 보며 대답했다.

"죄송하지만 차기작 준비를 조금만 서둘러 주셨으면 감사하겠습니다."

칠흑팔검이 차기작을 문학 왕국에 연재하기 시작한다면 여러 가지로 이점이 생긴다.

"노력해 보겠습니다만, 확답은 드릴 수 없을 것 같습니다."

"이해합니다. 최선을 다해주세요."

성공한 작품의 다음 작품을 구상하는 것이 얼마나 힘든

것인지 규현도 이번에 겪어봐서 잘 알고 있었다. 그래서 칠흑팔검을 재촉하지 않았다. 너무 재촉하면 역효과가 날 수도 있었다.

현지도 자리로 돌아가고 규현은 기사 이야기 설정과 스토리가 기록된 문서 파일을 뒤적이며 2부 스토리를 짜내려 애썼다. 기사 이야기 1부가 열린 결말로 끝났다고는 하지만 그건 파비앙과 제니아, 그리고 세리아와의 이야기가 그런 것이지 중요 스토리 라인이라고 할 수 있는 왕국 연합과의 전쟁은 제국의 압승으로 끝났다.

2부로 스토리를 이어나가려면 새로운 스토리가 필요했다. 현재 넣을 수 있는 새로운 스토리 유형은 크게 두 가지였다.

첫째로 개연성을 망치지 않는 선에서 왕국 연합에게 재기의 발판을 마련해 주는 것. 둘째로 제3의 적을 등장시키는 것이다. 세 사람의 연애 이야기로만 2부를 쓸 수도 있겠지만, 그렇게 하면 흔한 로맨스 판타지가 되어버린다.

그렇게 되면 여성 독자들은 보겠지만, 중요한 건 문학 왕국에는 남성 독자들의 수가 더 많다는 것이었다. 기사 이야기 1부도 로맨스 요소가 조금 있긴 했지만 중요한 스토리가 아니었다. 어디까지나 감초 역할이었고, 남성 독자들에게 불쾌감을 주지 않을 정도의 선을 유지했었다.

규현은 의자 등받이에 몸을 기댄 채 고민했다. 확실히 기사 이야기 2부 집필 결정을 하자 무엇을 해야 할지 윤곽이 잡혔기 때문에 글 쓰는 속도가 빨라졌지만 여전히 막막했다. 그는 칠흑팔검이 탕비실에 들렀다가 나오면서 준 피로회복제를 마신 뒤 작업에 박차를 가했다.

그는 우선 제국을 적대하지만 왕국 연합이 아닌 제3의 적을 등장시켜 보기로 했다. 하지만 쉽지 않았다. 어느 정도 개연성을 확보하기 위해선 1부에서 조금이나마 복선이 깔려 있어야 했는데, 애초에 2부를 생각한 적이 없었기 때문에 복선이 깔려 있을 리가 없었다.

기사 이야기 설정 자체가 대륙에는 제국과 여러 개의 왕국이 모여 만들어진 왕국 연합밖에 없었기 때문에 대륙 내에서 제3의 적을 등장시키는 것은 무리였다. 하지만 방법이 아예 없는 것은 아니었다.

'바다 건너 다른 대륙, 또는 다른 차원의 적이라면……'

규현은 다른 대륙이나 다른 차원에서의 침공군, 그중에서도 다른 차원에서의 침공군을 넣어보기로 했다. 말도 되지 않는 소재였지만 한번 확인하고 싶은 게 있었다.

소재가 결정되니 초반부 스토리 라인과 설정은 금방 잡혔고 프롤로그도 곧 완성되었다. 어느 때처럼 규현은 비밀글로 설정하여 프롤로그를 올린 뒤 스탯을 확인했다.

[기사 이야기: 이세계의 침략자]

분류: 판타지.

종합 등급: B.

30일 뒤 예상 24시간 구매 수　: 약 5,400.

"역시 조금 말이 안 되는 거였나."

규현은 혼잣말을 중얼거렸다. 스탯은 B급이었다. 어느 정도 예상했던 결과였다. 다만, 실험 삼아 한번 던져본 것이라고 볼 수 있었다. 어차피 규현은 프롤로그만 쓰면 스탯을 쓸 수 있으니, 이런 실험을 하는 게 가능했다.

'기사 이야기 1부에서 따라오는 애독자의 수는 대충 5,000명 정도라고 볼 수 있겠군.'

말도 되지 않는 설정이었지만 스탯은 종합 등급 B급에 예상 구매 수가 5,000을 넘었다. 아마도 구매하게 될 대부분의 독자들은 기사 이야기 1부의 애독자들이었을 것이다. 이것으로 아무리 막장 소재를 써도 최소 5,000명 정도의 독자들이 확보된다는 게 확인되었다.

"식사하세요."

상현이 주문한 햄버거 도착했다. 규현도 비밀글로 올린 프롤로그를 지우고 간단하게 점심을 해결했다.

"저 담배 좀 피우고 오겠습니다."

다들 정리를 하고 있을 때, 먼저 정리를 끝낸 지석이 자리를 비웠다.

"저도 잠깐 자리를 비우겠습니다."

규현도 사무실을 나왔다. 그는 승강기를 타고 옥상으로 향했다. 내부에 흡연 구역이 없는 금진 빌딩에서 담배를 태울 만한 공간은 옥상이 유일했다. 지석은 담배를 피우러 간다고 했으니, 아마도 옥상에 있을 것이다.

"유지석 작가님?"

"아, 대표님?"

규현의 예상대로 옥상에는 지석이 있었다. 마침 점심시간이 끝날 때라, 흩어져서 담배를 피우고 있는 사람들이 조금 있었다. 지석도 난간 쪽에 서서 담배를 입에 물고 있었다.

그는 규현이 나타나자 당황한 기색을 숨기지 못했다. 그는 서둘러 스마트폰을 화면을 끄고 주머니에 넣었다. 마치 뭔가를 숨기려는 것 같았다. 규현은 말없이 그의 곁으로 다가가 난간에 몸을 살짝 기댔다.

"하, 한 대 피우시겠어요?"

지석은 눈동자를 이리저리 굴리다 규현에게 담배를 권했으나, 규현은 고개를 저으며 입을 열었다.

"저 담배 안 피우는 거 아시잖아요."

"그, 그랬죠. 제가 깜빡했습니다."

지석은 담뱃갑을 주머니에 집어넣었다. 그리고 규현의 시선을 피해 빌딩 숲으로 고개를 돌렸다.

"쪽지 받으신 거 맞죠?"

규현의 질문에 그는 대답하지 못했다. 지석이 빌딩 숲을 보고 있어서 규현은 그의 얼굴을 보지 못했지만 분명 표정이 좋지는 않을 것이라 생각했다.

"많이 고민되실 겁니다. 저도 작가님의 사정을 대충은 알고 있으니, 이해하고 있어요."

작가 사무실 시절부터 함께했던 탓에 규현도 지석의 사정을 대충 알고 있었다. 그가 지금 얼마나 절박한지도 이해하고 있었다.

"후우!"

지석이 한숨 섞인 담배 연기를 내뱉었다. 하얀 안개가 허공에서 춤을 추며 흩어진다.

"붙잡지는 않겠습니다."

지석은 고개를 돌려 규현을 보았다. 그리고 입을 열었다.

"무슨 말씀이시죠?"

"말 그대로죠. 붙잡지 않겠습니다."

"제가 리디스 미디어로 간다고 해도 붙잡지 않겠다는 말씀이세요?"

지석이 두 눈을 가늘게 떴다. 아주 중요한 문제였다. 규현은 고개를 끄덕이며 입을 열었다.

"네. 하지만 결정을 내리기 전에 잠시만 기다려 주셨으면 좋겠네요."

"무슨 말씀이죠?"

규현은 지석을 향해 손가락 하나를 펴 보이며 입을 열었다.

"이 불안한 상황은 한 달을 넘기지 않을 거예요. 약속드리죠."

'리디스 미디어는 한 달 안에 자멸할 겁니다.'

규현은 뒷말을 삼켰다. 지석은 멍하니 규현을 보았다. 그는 지석의 시선을 받으며 몸을 돌려 사무실로 내려갔다.

"얘기는 잘 하셨어요?"

사무실로 돌아온 규현을 보며 먹는 남자가 조심스럽게 물었다.

"네. 대충은."

규현은 고개를 끄덕이며 대답한 뒤 자리로 가서 앉았다. 시간제한이 생긴 만큼 바쁘게 움직여야만 했다. 그는 우선 차기작을 쓰기 위해 기사 이야기의 설정과 스토리가 정리된 문서 파일을 클릭했다. 그리고 탕비실로 향하는 상현을 보며 입을 열었다.

"상현아, 지금 문학 왕국에서 연재 중인 리디스 미디어의 작가가 몇 명이나 되는지 조사해 줘."

"옙."

규현의 말에 상현은 즉시 움직였다. 규현은 차기작 작업에 돌입했고, 상현 역시도 쓰고 있던 원고를 마무리한 뒤, 규현이 시킨 일을 시작했다.

"현지야."

좀처럼 소재가 떠오르지 않자 규현은 현지에게 도움을 요청하기 위해 그녀를 불렀다. 키보드를 부지런히 두드리던 그녀의 손이 멈췄다.

"네, 오빠."

"기사 이야기 읽어봤지? 2부를 쓰려고 하는데, 제3의 적을 넣거나, 왕국 연합이 다시 일어나야 하는데, 어떤 게 좋을 것 같아?"

그는 현지에게 조언을 구했다. 제국 방어기도 정통 판타지라고 볼 수 있었다. 어떤 의미에선 그녀가 규현보다 정통 판타지에 대해 더 잘 알고 있을 것이다.

"오빠, 저도 기사 이야기를 읽어봤는데요. 제3의 적을 넣는 건 좀 아닌 것 같아요. 제3의 적을 만들 설정 자체가 없어요."

"그런가?"

규현의 말에 현지는 고개를 끄덕이며 말을 이어가기 위해 입을 열었다.

"이 상황에서 제3의 적을 등장시키는 것은 흔히 말하는 마왕군이나 이계의 침공밖에 없는데 이건 무리수라고 봐요."

현지의 말에 규현은 대답 대신 고개를 끄덕였다. 방금 전에 이계의 침공을 넣었다가 어떤 현상이 벌어졌는지 확인했기 때문에 그녀의 말을 훨씬 쉽게 납득할 수 있었다.

"그렇다면 왕국 연합에 뭔가 힘을 실어주는 게 좋을까?"

"네. 그게 좋을 것 같아요."

현지의 조언에 규현은 의자 등받이에 몸을 기대며 노트북 화면을 주시하며 생각을 정리했다. 한참을 화면을 보면서 생각을 정리하고 있을 때였다.

"대표님."

칠흑팔검이 말문을 열었다.

"네, 말씀하세요."

"기사 이야기 초반부에 파비앙이 제니아에게 거신병의 전설에 대한 이야기를 해주죠?"

"네. 분명 그런 페이지가 있었죠."

규현은 고개를 끄덕였다. 칠흑팔검이 말한 페이지는 분명 있었다. 칠흑팔검은 추가 설명을 하지 않았지만 규현은 늦게나마 그가 말하고자 하는 바를 알 수 있었다.

"거신병!"

그는 자기도 모르게 소리를 지르고 말았다.

"아, 죄송합니다."

규현은 반짝이는 눈으로 노트북 화면을 보았다. 왕국 연합에게 거신병을 발굴하게 하면 제국과의 전쟁으로 인해 손실된 전력의 대부분을 복구할 수 있었다.

전력을 회복한 왕국 연합은 분명 제국을 다시 노릴 것이다. 작품 초반부에 거신병에 대한 언급이 있었으니, 개연성도 어느 정도 확보된다. 소재를 잡은 규현은 서둘러 설정과 초반부 스토리 라인을 쓰고 다듬는 작업을 시작했다. 그리고 회의 시간이 다가왔을 때쯤, 그는 프롤로그를 완성할 수 있었다.

'이제 올린다.'

긴장되는 순간이었다. 비밀글 설정을 하고 프롤로그를 올렸다. 그리고 스탯을 확인하기 위해 마우스를 움직였다.

[기사 이야기: 리턴 엠페러]

분류: 판타지.

종합 등급: A.

30일 뒤 예상 24시간 구매 수: 약 16,000.

분명 A급이 나왔지만 구매 수는 A급 중에서도 최하위였다.

사실 기사 이야기 2부 리턴 엠페러는 A급 판정을 받을 정도
는 아니었다. 아마도 기사 이야기 웹툰으로 인한 광고와 기존
의 1부 독자들의 합류와 같은 환경이 리턴 엠페러가 A급 판
정을 받을 수 있도록 도와준 것 같았다.

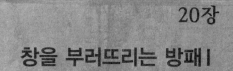

20장

창을 부러뜨리는 방패 l

　규현은 기사 이야기 2부인 리턴 엠페러를 연재하기로 결정했고 이제 비축분을 만들 차례였다. 그동안 신경이 많이 쓰였던 차기작 문제가 어느 정도 해결되는 듯한 모습을 보여서 복잡한 머릿속이 조금은 정리될 것도 같았지만, 그건 또 아니었다.

　여전히 해결되지 않은 문제가 많았다. 그중 가장 리디스 미디어와의 관계가 가장 큰 문제였다. 여전히 지석과 먹는 남자는 리디스 미디어 작가들의 견제로 인해 문학 왕국 베스트 20위 밖으로 밀려나 있었다.

그리고 쪽지 문제도 있었다. 상현은 당연히 흔들리지 않았고, 먹는 남자도 예상 외로 단단한 방어를 선보였지만 지석이 문제였다. 그는 흔들리고 있었다. 규현이 옥상에서 그와 대화를 하는 것으로 시간을 벌기는 했지만, 여전히 불안했다. 지금 당장 리디스 미디어로 뛰어가도 이상하지 않을 정도였다.

"하아."

"오빠, 힘든 일 있으세요?"

규현이 한숨을 내뱉자 마침 곁에 있던 지은이 걱정스러운 시선을 보냈다. 규현은 고개를 돌려 지은을 보았다. 영어영문학과와 경영학과는 건물이 가까운 편이었기 때문에 그녀는 가끔씩 규현을 찾아왔다. 그래서 지금은 전보다 많이 친해졌지만, 리디스 미디어와의 분쟁 이유를 말할 생각은 없었다.

"그냥 여러 가지로 신경 쓰이는 일들이 많아서."

규현은 적당하게 설명했다.

"무슨 일인지는 모르겠지만, 더 묻지 않을게요."

다행히 지은도 더 이상 묻지 않았다. 그녀는 그렇게 대답한 뒤 휴게실의 정수기로 걸어가 종이컵에 뜨거운 물을 받은 뒤 커피믹스를 탔다. 그리고 그것을 규현에게 건넸다.

"오빠 힘내시라고 제가 특별히 커피 탔어요."

"고마워."

규현은 입가에 희미한 미소를 머금은 채, 지은이 타 준 커피를 마셨다. 날씨는 더워지고 있었지만 아직까지는 뜨거운 커피도 마실 만했다. 지은은 커피를 마시는 규현을 보며 환한 미소를 지었다. 그 모습을 보는 규현은 마음이 따뜻해지는 것을 느꼈다.

*　　　　*　　　　*

[대표님, 명단 메일로 전송했습니다.]

"이번에는 대표님인가."

상현이 보낸 문자를 확인한 규현은 혼잣말을 중얼거렸다. 상현이 규현을 부르는 호칭은 '형'과 '대표님' 두 개였다. 그는 기분이 내킬 때마다 형과 대표님을 번갈아 사용하고 있었다.

'강의가 끝나려면 아직 시간이 조금 남았는데……'

규현은 시간을 확인했다. 강의가 끝나려면 아직 시간이 조금 남아 있었지만 조금이라도 빨리 메일을 확인하고 싶었다. 그는 강의 중인 교수의 눈치를 조심스럽게 살폈다. 다행히 규현이 앉은 자리는 뒤편에 위치해 있었고 교수도 강의를 진행하느라 바빠 보였다.

'교수님, 죄송합니다.'

규현은 교수에게 속으로 사과를 하며 스마트폰으로 메일을 확인했다.

'제법 잘 정리했군.'

상현이 정리한 명단을 보고 규현은 속으로 감탄했다. 생각했던 것보다 상현이 정리를 잘해놓았다. 리디스 미디어의 로고를 달고 있는 작가들이 모두 기록되어 있는 것은 당연했고, 그들의 순위와 간략한 작품 설명까지 적혀 있었다.

규현은 우선 전체적으로 명단을 간략하게 살펴보았다. 그리고 리디스 미디어의 큰 특징 하나를 잡아낼 수 있었다. 리디스 미디어와 계약한 작가 중에선 베스트 10위 안에 들어가는 작가가 없었다. 이상진 작가의 순위가 가장 높았는데, 그마저도 11위에서 13위를 겉돌고 있었다.

10위 안에 들어가는 작가가 한 명도 없었지만 10위에서 20위 사이를 유지하고 있는 작가들 대부분이 리디스 미디어의 로고를 표지에 새긴 채 연재를 하고 있었다. 10위에서 20위 사이의 작가들이 비정상적으로 많았고, 나머지 순위권에선 보통이거나 보통 이하라고 할 수 있는 수였다.

"오늘은 여기까지."

상현이 보낸 메일을 확인하는 동안 강의가 끝났다. 교수는 강의가 끝났음을 선언하고 자료를 챙겨서 강의실을 떠났다. 교수가 떠나기 무섭게 의자를 빼는 요란한 소리와 함께 수십

명의 학생들이 강의실을 떠났다.

규현도 강의실을 나와 주차장으로 향했다. 주차장에서 자신의 차를 찾은 그는 차 문을 열고 들어가 시동을 걸었다. 그리고 금진 빌딩을 향했다.

금진 빌딩 주차장에 차량을 주차한 규현은 승강기를 타고 사무실로 올라갔다. 사무실에는 지석을 제외한 작가들이 모두 모여 있었다.

"유 작가님은?"

규현은 열심히 글을 쓰고 있는 상현에게 질문했다. 상현은 글 쓰는 것을 잠시 멈추고 규현을 보았다.

"오늘 사정이 있어서 못 오신다고 했어요."

"리디스 미디어에 계약하러 간 거 아니에요?"

현지가 두 눈을 날카롭게 뜨고 말했으나, 규현은 고개를 저었다. 지석은 분명 흔들리고 있다. 하지만 아직 리디스 미디어에 넘어갈 정도는 아니라고 생각했다.

"상현아, 잠깐 회의실로 올래?"

"옙! 잠시만요."

규현은 먼저 회의실로 들어갔다. 상현도 쓰고 있던 문장을 마무리하고 회의실 문을 열어젖혔다. 그가 회의실 안에 들어와 문을 닫자 규현이 입을 열었다.

"먹는 남자 작가는 어때?"

"의외로 완고한 모습을 보여주고 있어요. 리디스 미디어에 갈 것 같지는 않아요."

상현의 말대로 먹는 남자는 완고한 자세를 유지하고 있었다. 그는 리디스 미디어의 사탕발림에도 쉽게 넘어가지 않았다. 문제는 지석이었다. 아직까진 아슬아슬하게 가람의 줄을 잡고 있었지만 언제 리디스 미디어로 갈아탈지 몰랐다.

"아 참, 그리고 현지랑 칠흑팔검 작가님에게도 리디스 미디어에서 쪽지가 왔어요."

"내용은?"

대충 내용이 예상 갔지만 혹시나 싶어 물어보았다. 상현은 어깨를 으쓱하며 입을 열었다.

"저에게 온 쪽지랑 내용은 동일해요."

"하하. 웃음밖에 안 나오네."

상현의 말에 규현은 어이가 없어서 웃었다. 상현이 받은 쪽지를 가람의 주력 작가라고 할 수 있는 현지나 칠흑팔검에게 보낸 것은 가람과의 대치 상황을 확전으로 번지게 하는 행동이었다.

"이대로 당하고만 있을 건가요?"

상현이 물었다. 규현은 두 눈을 날카롭게 빛내며 입을 열었다.

"아니. 나는 전혀 그럴 생각이 없어."

"계획이라도 있으세요?"

규현은 말없이 스마트폰을 상현의 눈앞으로 가져갔다. 스마트폰 화면에는 상현이 보낸 문서 파일이 열려 있었다. 현재 문학 왕국에서 연재 중인 리디스 미디어 작가들의 명단이었다.

"이건 리디스 미디어 작가들의 명단이잖아요."

상현의 말에 규현은 고개를 끄덕이며 입을 열었다.

"그래. 리디스 미디어 소속 작가를 몇 명 빼낼 거야."

"쉽지는 않을 텐데요."

상현의 말이 맞다. 쉽지는 않을 것이다. 안정적인 리디스 미디어를 버리고 신생 매니지먼트인 가람으로 올 이유가 없었다.

"쉽지는 않겠지. 인기 작가들은 리디스 미디어에서 제대로 대우해 주거든."

규현도 첫 작품을 출판하기 전, 기획 단계에선 괜찮은 대우를 받았었다. 그리고 다른 인기 작가들은 당연히 리디스 미디어에서 신경을 많이 써주었던 것으로 기억하고 있었다.

"하지만 리디스 미디어는 추락한 작가에겐 가혹할 정도로 차가운 모습을 보이는 것으로 유명해."

"비인기 작가에게 신경을 덜 쓰는 건 다른 출판사나 매니지먼트도 마찬가지 아닌가요?"

"맞아. 하지만 리디스 미디어는 특히 더 심해. 거의 방치 수준이야."

규현은 리디스 미디어의 방치 플레이를 직접 겪어봤기 때문에 잘 알고 있었다. 다른 출판사나 매니지먼트는 비인기 작가에게도 최소한의 관리는 해주지만 리디스 미디어는 거의 관리를 하지 않는 방치 플레이를 하는 것으로 유명했다.

새삼스러운 말이지만 방치 플레이를 당하는 작가 입장에선 너무나 비참한 나날이 계속된다. 관리는 거의 받지 않으면서도 계약은 했기 때문에 어쩔 수 없이 작품을 완결까지 써야 하는 방치 지옥이 계속된다. 규현도 겪어보았지만, 그것은 너무나 괴로운 일이었다.

"그렇다면 리디스 미디어의 비인기 작가를 영입하겠다는 말씀이신가요?"

상현이 물었다. 규현은 가벼운 미소를 머금은 채 고개를 저었다. 적어도 한때 주력이었다가 지금은 연이은 실패로 인해 찬밥 신세가 된 작가를 영입할 필요가 있었다.

"한때는 주력이었던 작가들을 영입해야지."

"주력이었던 작가들을 빼낸다고 해서 리디스 미디어가 피해를 입을까요? 저는 아니라고 생각하는데요."

상현은 조금 부정적인 생각을 가지고 있었지만 규현의 생각은 달랐다.

"이 계획으로 두 가지 효과를 볼 수가 있지. 하나는 작가들의 연이은 이탈로 리디스 미디어와 계약하려는 작가들에게 망설임을 심어줄 수 있지. 정보가 조금 있는 작가들이라면 망설이게 될 거야. 정보가 없어서 그냥 계약하는 작가들은 대부분 하위권 작가들일 확률이 높으니 상관없어."

문학 왕국에선 정보가 생명이었다. 독자들과 작가들의 움직임을 파악하는 자가 좋은 소재를 발굴하고 정상에 우뚝 설 수 있다. 이것을 모르고 묵묵히 자기 갈 길만을 고집하는 작가들은 대부분 하위권을 유지하고 있을 확률이 높았다. 물론 아무런 정보 없이도 정상에 서는 자들이 있었지만 그건 소수에 불과했다.

"그리고 또 하나는 뭔가요?"

"리디스 미디어를 도발할 수 있지."

"형! 리디스 미디어를 더 도발해서 어쩌려고 그래요!"

상현이 갑자기 언성을 높였다. 그는 언성을 높인 적이 거의 없었지만 규현의 모습에 조금 답답함을 느낀 것이었다.

"그럼 리디스 미디어가 창을 더욱 세게 찌르겠지. 방패가 튼튼하면 세게 찌른 창은 부러진다."

규현은 의미를 알 수 없는 말을 남긴 채 회의실을 나섰다.

*   *   *

리턴 엠페러의 비축분이 어느 정도 쌓이자 규현은 연재를 시작했다. 프롤로그를 올리는 것과 거의 동시에 기존의 기사 이야기 1부 독자들에게 2부가 연재되고 있다는 사실을 선호작 쪽지로 알렸다.

그리고 얼마 지나지 않아 선호작 수치가 미친 듯이 상승했다. 마침 접속해 있던 1부 독자들이 2부로 우르르 몰려가는 소리가 들리는 것 같았다.

오크아이: 헉! 기사 이야기 2부 연재!

폴리스: 1부 다 읽고 너무 아쉬워서 문학 왕국 나가지 못하고 있었는데, 2부 연재 시작했다는 쪽지를 받았습니다. 2부 프롤로그도 정말 재밌네요.

퐁삽: 작가가 미친 것 같다. 1부에서 이야기가 끝났는데, 억지로 늘리려고 막장 스토리로 가네. 쯧쯧. 갑자기 거신병이 등장하는 게 말이 된다고 생각?

탁구공: 거신병에 대한 언급은 1부에도 등장했던 것 같은데, 퐁삽 님은 매일 저래. 작가님, 신경 쓰지 마세요.

댓글도 많이 달렸다. 물론 전부 우호적인 댓글은 아니었다. 방황하는 칼날, 퐁삽이 다시 목표를 찾았다. 그는 예상대로 스토리를 억지로 늘린 것 같다고 지적했고 완전히 틀린 말도 아니었기 때문에 규현은 속으로 뜨끔했지만 크게 신경 쓰지 않았다.

선작 수치는 시간이 지날수록 엄청난 속도로 상승하고 있었고 독자들의 댓글도 대부분이 우호적이었다. 문학 왕국 독자들은 좋아하는 작품 앞에서는 상당히 관대하기 때문에 개연성에 문제가 있다고는 하지만 지적하는 독자들은 많이 없었다. 풍삽을 필두로 한 소수의 고정 악플러들이 댓글을 달았지만 걱정할 정도는 아니었다.

리턴 엠페러의 연재가 시작되고 며칠의 시간이 지났다. 조용하던 문학 왕국이 다시 지진이라도 난 것처럼 흔들리기 시작했다. 기사 이야기 2부인 리턴 엠페러를 읽은 독자들이 이상진 작가의 필리어스의 혈향을 읽고 이상한 점을 느끼기 시작한 것이다.

풍삽: 어라? 몰랐는데, 기사 이야기 2부 읽고나서 이거 읽으니까 비슷한 부분이 좀 보이네? 또 그게 단순히 우연이라고 보기엔 너무 비슷한데?

리스본 앞바다: 풍삽 님의 의견에 저도 동의합니다.

11번 사수: 말조심하세요. 리턴 엠페러보다 필리어스의 혈향이 더 먼저 연재되었거든요.

탁구공: 어이없네요. 기사 이야기 1부는 훨씬 예전에 연재되었습니다.

이상한 점을 느낀 독자들은 그 감정을 댓글에 녹여냈다. 규현이 귀환황제 전기를 연재했을 때만 해도, 그는 갑자기 뜬 신인에 불과했기 때문에, 규현의 독자들은 목소리가 작았다. 하지만 지금은 달랐다.

기사 이야기는 문학 왕국에서만 아니라, 북페이지, 그리고 더 나아가 종이책까지도 엄청나게 잘 팔렸고 그로 인해 규현은 1세대 작가인 상진과 견줄 수 있는 거물이 되었다. 규현의 명성이 퍼진 만큼 독자들의 목소리 또한 높아졌다.

[기사 이야기와 필리어스의 혈향의 공통점을 분석합니다.]

어떤 독자는 문학 왕국 커뮤니티에 기사 이야기와 필리어스의 혈향을 비교하는 글을 올리면서 공개적으로 상진을 비판하기도 했다.

"기사 이야기 2부라고?"

문학 왕국 커뮤니티에 올라온 글들과 필리어스의 혈향 최신화와 1화에 달린 댓글을 확인하며 상진은 믿을 수 없다는 표정으로 중얼거렸다. 그는 크게 당황하고 있었다. 설마 규현이 기사 이야기 2부인 리턴 엠페러를 연재할 것이라고는 생각하지 못했다.

상진이 보기에도 기사 이야기는 완벽하게 이야기를 끝맺었다. 그래서 2부가 나올 것이라고는 전혀 생각하지 못했다. 필리어스의 혈향을 연재한 이유도 기사 이야기가 완결했기 때문이었다.

필리어스의 혈향은 기사 이야기를 카피하긴 했지만 그 정도가 심하지 않았다. 그래서 괜찮을 것이라 생각했지만 기사 이야기 2부가 연재되니 상황은 달라졌다. '적당히'라고는 하지만 카피한 것은 분명했다.

눈치가 빠른 독자들은 두 작품을 동시에 읽으면서 공통점을 눈치챘고 문학 왕국 커뮤니티 등에 관련된 내용으로 글을 썼다. 또 그들의 글을 본 다른 독자들이 두 작품을 분석하면서 추측을 확신으로 바꾸었고, 상진은 다시 치명적인 타격을 입을 위기에 처했다. 마치 날카로운 칼날이 아슬아슬한 거리에서 상진을 노리고 있는 것 같았다.

"이대로는 안 돼."

넓은 방 안을 서성이며 상진이 중얼거렸다. 이대로는 안 되는 것이다. 특단의 조치를 취해야만 했다. 책상 위에 놓여 있는 스마트폰이 방 안을 한참 서성이던 상진의 눈에 들어왔다.

　규현이 말한 조건에 맞는 리디스 미디어의 작가는 3명이었다. 모두 첫 작품이 큰 대박을 쳐서 두 번째 작품부터 리디스 미디어의 눈에 들어와 계약했지만 망해서 방치되고 있는 작가들이었다. 규현은 그들에게 다음 작품을 같이하고 싶다는 내용의 쪽지를 보냈다.

　리디스 미디어처럼 지금 하고 있는 작품 때려치우고 오라는 양심 없는 말은 하지 않았다. 어차피 잘나가는 인기 작가가 아닌 이상 계약서를 먼저 작성하는 일은 드물었다. 3명의 작가들은 모두 한때는 유망주였으나 지금은 몰락해서 방치된 상황이니, 리디스 미디어에서도 작품의 성적을 보고 계약하자고 말했을 것이다.

　즉, 리디스 미디어의 관리는 받지만 아직 작품 계약은 하지 않은 상황이라는 것이다. 유망주 시절에 차기작까지 계약했을 수도 있지만, 이 경우는 그렇게 많지 않으니 신경 쓰지 않아도 될 것이다.

　"답장이 올까요?"

　"올 거야."

　상현의 말에 규현은 자신만만하게 대답했다. 지금 그들도 리디스 미디어의 방치에 지쳐 다른 출판사나 매니지먼트에서 쪽지가 오기를 기다리고 있을 것이다.

"형, 방금 제가 보고드리려고 했던 거 계속할게요."

"그래, 말해봐."

규현은 노트북 모니터에서 눈을 떼지 않은 채 말했다.

"형이 말씀하신 대로 유지석 작가님을 배너에 등록했습니다. 그 효과 덕분인지 어제 잠깐이나마 20위에 진입하셨고요. 물론 2시간 만에 다시 밀려났지만."

규현은 그동안 리턴 엠페러만 쓰고 있던 게 아니었다. 파란책과 협상을 했고, 적당한 이용료를 지불하고 교차 배너를 대여하는 것에 성공했다. 얼마 전에 이 모든 일을 성공적으로 끝낸 그는 상현을 시켜 문학 왕국 배너에 지석의 작품을 등록하게 했다.

메인 배너 중에서 교차 배너의 효과가 가장 떨어진다고는 하지만 그래도 메인에 노출되니 그 효과로 2시간이나마 20위에 진입하는 것에 성공했다.

당분간 배너 광고는 지석을 위해 사용할 생각이었다. 이것에 대해서는 가람 소속의 다른 작가들에게 양해를 구해둔 상황이었다.

"좋은 현상이야. 조금 있으면 20위 안에 확실히 자리를 잡겠어."

규현은 그렇게 말하며 새로 고침을 클릭했다.

"쪽지 왔다."

상현이 규현의 뒤에서 노트북 화면을 주시했고 규현은 쪽지를 확인하기 위해 마우스를 움직였다. 무거운 침묵이 좁은 회의실에 내려앉았다.

[김동진입니다. 단도직입적으로 말씀드리죠. 저는 신생 매니지먼트와 일할 생각 없습니다.]

흑월의 기사로 문학 왕국에서 순위권에 들었던 김동진 작가의 답장이었다. 규현은 눈살을 찌푸렸다.

지금 동진은 흑월의 기사 이후로 두 개의 작품을 더 연재했지만 모두 성적이 좋지 않아서 연중하게 되면서 리디스 미디어에게 버림받은 상황이었지만 본인은 상황을 제대로 인식하지 못하고 있는 것 같았다.

그는 아직까지 흑월의 기사 연재 시절 우수수 쏟아졌던 계약 제의 쪽지의 비를 기억하고 있는 것이다. 잘나가던 시절을 아직까지 기억하고 있으니, 성적은 좋지만 신생 매니지먼트인 가람은 자신과 어울리지 않는다고 생각하고 있는 것이다.

"형, 어쩌죠?"

"괜찮아. 이런 작가는 나도 필요 없어."

규현은 태연하게 대답하고는 다른 쪽지를 기다렸다.

"오늘 회의는 없다고 해주고, 퇴근할 사람은 해도 된다고 전해줘."

"네."

상현이 규현의 말을 전달하자 지석이 제일 먼저 일어나 사무실을 나섰고, 그 모습을 규현은 열린 문 사이로 볼 수 있었다.

"흐음."

규현은 두 눈을 가늘게 뜨고 지석이 나간 뒤 굳게 닫힌 문을 노려보았다. 지석의 행동이 심상치 않았다. 빨리 리디스 미디어를 협상의 테이블로 이끌어내야만 했다.

"후우, 말 끝나기 무섭게 유 작가님이 바로 나가시네요."

상현은 속상한 표정으로 말하며 의자를 빼서 앉았다. 그도 지석이 가장 불안하다는 것을 잘 알고 있었다.

"상현아, 회사 일은 할 만하니?"

잠시 시간이 난 틈을 타 규현이 질문했다. 그는 상현에게 잡무뿐만 아니라, 경영의 일부도 맡긴 상태였다. 규현이 혼자서 작가를 탐색하여 영입하고 소속 작가들의 원고와 스토리를 교정하면서 글까지 쓰고 경영까지 하는 것은 너무나 힘든 일이었다. 그래서 경영의 일부를 상현에게 맡겼다.

상현도 일단 경영학과 졸업생으로 경영에 대한 기본은 알고 있었기 때문에 큰 도움이 되었다. 물론 여전히 중요한 일들은 규현이 하고 있었다. 상현이 하고 있는 일들은 남에게 맡겨도 되는 일들이다. 다행히 아직 회사가 아주 작기 때문에 해야 할 일은 많지 않았다.

"할 만해요. 형은 요즘 방학이죠? 왜 이렇게 늦게 시작하셨어요?"

"나도 모르겠다. 갑자기 보강 주가 추가되더라고. 다른 학교에선 이런 일 별로 없는 걸로 알고 있는데 말이야."

규현은 말을 마치며 홈페이지를 새로 고침 했다. 쪽지는 오지 않았지만 대신 스마트폰이 알림음으로 메시지가 도착했다는 사실을 알렸다. 스마트폰을 확인하니 처음 보는 번호에게서 문자 메시지가 한 통 도착해 있었다.

"아차."

그제야 규현은 쪽지에 자신의 연락처를 기입했었다는 사실을 기억해 냈다. 아마 동진은 거절하는 마당에, 자신의 전화번호를 노출시키기 싫었기 때문에 문학 왕국 쪽지로 거절 의사를 보냈을 것이다.

"형, 일단 확인해 보죠."

규현이 멍하니 스마트폰을 들고만 있자 상현이 답답했는지 규현을 재촉했다. 규현은 고개를 끄덕이며 문자 메시지를 확인했다.

[박형태입니다. 지금 통화 가능하십니까?]

"뭐래요?"

상현의 말에 규현은 말없이 스마트폰 화면을 그에게 보여준 뒤 회수했다.

"가능성이 보여요."

상현의 말에 규현은 고개를 끄덕이며 답장을 보냈다. 이윽고 형태에게서 전화가 왔고 규현은 통화 버튼을 터치했다.

"여보세요?"

─정규현 작가님이십니까?

간절함이 묻어나는 목소리의 주인은 박형태 작가였다. 그의 목소리는 묘한 흥분으로 인해 떨리고 있었다. 규현은 미소를 지었다. 예상대로 형태는 리디스 미디어가 아닌 출판사나 매니지먼트의 접촉을 기다리고 있었던 것이다.

"예. 제가 가람의 대표이자 작가인 정규현입니다. 편하게 부르세요."

─예.

"만나서 이야기할 수 있겠습니까?"

─물론입니다.

규현의 말에 형태는 흔쾌히 대답하며 거주지 근처 카페의 위치를 알려주었다.

"그럼 그곳으로 가겠습니다."

규현은 서둘러 회의실을 나섰다. 이미 사무실에는 칠흑팔검과 현지밖에 없었다, 회의실 문이 열리고 상현이 뒤이어 사무실로 나왔다.

"저 먼저 가보겠습니다."

"오빠, 저랑 같이 가요!"

현지가 밝은 목소리로 말하며 노트북 전원을 껐다. 규현은 미안한 표정으로 입을 열었다.

"미안해서 어쩌지. 일이 있어서 말이야."

"네……. 어쩔 수 없죠."

현지는 풀이 죽어서 고개를 푹 숙이고는 다시 의자에 앉아 노트북 전원을 켰다. 규현은 미안하다고 말한 뒤 사무실을 나왔다. 승강기를 타고 1층에 내려가 주차장으로 이동한 규현은 차에 탑승한 뒤 형태가 살고 있는 부천으로 향했다.

처음 가는 길이었지만 내비게이션의 가호 덕분에 무사히 약속 장소에 도착할 수 있었다. 근처에 주차할 곳이 없어서 고생하긴 했지만 간신히 비어 있는 유료 주차장에 차를 주차한 그는 형태와 만나기로 한 카페로 발걸음을 재촉했다.

이윽고 카페에 도착한 규현은 주변을 둘러보았다. 수상한 사람처럼 주변을 이리저리 둘러보다가 형태에게 전화하기 위해 스마트폰을 꺼낸 순간, 왜소한 체격에 안경을 낀 남자 한 명이 규현에게 다가왔다.

"정규현 작가님?"

"박형태 작가님이세요?"

"네."

서로를 확인하는 절차가 끝났다. 규현은 그를 먼저 자리에 앉힌 이후 아메리카노 두 잔을 주문했다. 이윽고 주문한 아메리카노가 나오자 규현은 그것을 들고 형태가 앉아 있는 테이블로 발걸음을 재촉했다.

"적안의 알로켄 정말 잘 읽고 있습니다."

규현은 형태가 최근 연재를 하고 있는 작품에 대한 이야기를 자연스럽게 꺼내면서 말문을 열었으나, 형태는 두 눈을 가늘게 뜨고 규현을 보며 입을 열었다.

"바로 본론으로 들어가고 싶습니다. 제게 먼저 연락을 하신 걸로 보아 계약 의사가 있는 것 같은데, 맞습니까?"

"네. 그렇죠."

"그럼 계약서 꺼내주시고 조건 말해주세요. 확인하고 바로 사인할게요."

"아, 그렇군요."

규현은 미소를 잃지 않은 채 가방에서 계약서를 꺼내 테이블에 올리며 계약 조건에 대해 설명했다. 출판 경험이 있는 작가답게 형태는 여러 번 설명을 하지 않아도 계약 내용을 바로 이해했다.

"사인할게요."

규현의 설명을 다 들은 형태는 펜을 꺼내 들고 계약서에 필요한 내용을 적었다. 두 사람은 작성이 끝난 2장의 계약서를 나누어 가졌다.

"계약금은 최대한 빨리 입금해 드리도록 하겠습니다."

"그럼 이만 가보겠습니다."

"잠깐만요."

규현은 서둘러 의자에서 일어나는 형태를 붙잡았다.

"무슨 일이시죠?"

"저희 사무실에 아직 자리가 남습니다. 혹시라도 오신다면 제가 소설 기획부터 도와드리겠습니다."

"정말입니까?"

소설 기획부터 도와준다는 말에 형태의 두 눈이 빛났다. 그는 지금 아주 다급했다. 그는 첫 번째 작품인 하얀 창공의 로케이스가 대박 나게 되면서 리디스 미디어의 달콤한 속삭임에 넘어가 다니던 지방 대학을 자퇴하고 서울로 올라와 원래 계약했었던 오성 북스가 아닌 리디스 미디어와 차기작을 계약하고 전업 작가의 길을 걷기 시작했다.

하지만 하얀 창공의 로케이스의 영광은 길지 않았다. 작품이 완결나고 형태는 리디스 미디어와의 계약대로 차기작을 기획했지만 이전 작품에 비해 성적은 좋지 않았다. 하지만 이미 계약은 했기 때문에 완결까지 써야 하는 상황이었다.

형태는 고통을 받으며 눈물을 머금고 완결을 냈다. 그리고 그다음을 기다렸지만 리디스 미디어에서는 차기작 계약을 미루었다. 성적을 보고 결정한다는 게 그들의 입장이었다. 그 이후 형태는 좋은 성적을 내기 위해 노력했지만 완성되는 작품들은 하나같이 성적이 부진했다.

그래서 그는 아주 절박했다. 인기 있는 작품을 쓸 수만 있다면 무엇이든 할 수 있다고 생각하고 있었다. 다른 사람이 작품 기획에 개입하는 것 정도는 참을 수 있었다. 형태도 원래는 지석처럼 타인의 작품 개입에 대해 부정적이었지만 현실에 대한 절박함이 그를 바꾸었다.

21장

창을 부러뜨리는 방패II

"거짓말 아니에요. 사무실 주소는 문자 메시지로 보내 드릴게요. 출근 도장 찍으시려면 미리 문자 메시지 주세요."

"네."

간단한 인사를 주고받은 두 사람은 각자의 집으로 돌아갔다. 그리고 다음 날이 찾아왔다. 사무실에 출근하겠다는 형태의 문자 메시지를 받았기 때문에 그를 맞이하기 위해 규현은 이른 아침 사무실로 향했다.

"대표님, 오늘 일찍 오셨네요."

이른 시간이었지만 언제나처럼 칠흑팔검이 의자에 앉아 노트북 키보드를 두드리고 있었다. 그의 책상에는 피로회복제 빈 병이 굴러다니고 있었다. 아마도 그는 피로회복제라는 연료로 움직이는 로봇일지도 모른다. 규현은 그렇게 생각했다.

"오늘 새로운 분이 오시기로 하셨거든요."

"아, 그렇습니까?"

칠흑팔검의 두 눈이 반짝였다. 새로운 사람이 합류한다는 것은 기분 좋은 자극이었다.

"혹시 누군지 미리 알 수 있을까요?"

칠흑팔검이 질문했다. 표정을 보니 많이 궁금한 모양이었다. 어차피 조금 있으면 알게 될 것이기 때문에 규현은 미리 말해줘도 상관없다고 생각했고 대답을 위해 입을 열었다.

"박형태 작가님이세요."

"아, 하얀 창공의 로케이스 작가님이시죠?"

칠흑팔검은 형태의 작품을 재밌게 읽은 적이 있었다. 그래서 박형태라는 이름을 기억하고 있었다. 규현은 고개를 끄덕이며 입을 열었다.

"네."

칠흑팔검은 노트북 키보드를 두드리던 손을 멈추고 의자 등받이에 몸을 기대었다.

"이후 작품들이 성적이 좋지 않아서 개인적으로 안타깝게 생각하고 있었습니다만, 가람과 계약을 했으니 더 이상 걱정하지 않아도 되겠네요."

그렇게 말하며 칠흑팔검은 규현을 보며 미소를 지었다.

"대표님이 하드 캐리 해주실 테니까요."

"하하하. 하드 캐리요? 작가님, 그런 단어도 알고 계세요?"

규현은 칠흑팔검이 하드 캐리라는 단어를 꺼내는 것을 듣고 가벼운 웃음이 터져 버렸다. 요즘 신조어인 하드 캐리는 나이가 조금 있는 칠흑팔검의 이미지와 어울리지 않았기 때문이다. 규현의 반응에 칠흑팔검은 섭섭한 표정을 지었다.

"이거 섭섭합니다. 저도 아직 젊은데 말이죠."

칠흑팔검의 말에 규현은 입을 닫고 어색한 미소를 지었다. 그의 말을 끝으로 사무실에는 어색한 침묵이 흘렀다. 잠시 후 사무실 문이 열리며 상현과 먹는 남자가 들어올 때까지 침묵은 계속되었다. 사무실에 있는 규현과 칠흑팔검에게 간단하게 인사를 한 두 사람은 각자의 자리에 가서 앉았다.

얼마 지나지 않아서 지석이 문을 열고 들어왔다. 여전히 의욕이 없어 보이는 얼굴이었지만 배너 버프와 빡센 교정 작업의 힘으로 다시 베스트 20위에 진입해서 순위를 유지하기 시작하면서 예전에 비하면 훨씬 좋아진 편이었다.

"좋은 아침입니다!"

규현이 힘차게 인사하자 지석도 고개를 살짝 끄덕이며 답했다. 그는 조금 나아지긴 했지만 여전히 힘없는 얼굴로 의자에 앉아 책상 위에 노트북을 올리고 전원을 켰다.

"현지가 조금 늦네."

규현이 혼잣말을 중얼거렸다. 방학인데 현지가 평소보다 조금 늦는 것 같았다. 닫혀 있는 사무실 문을 지긋이 보던 규현은 자신의 책상으로 이동하여 의자에 앉아 노트북을 열었다.

모두가 말없이 글을 쓰기 시작했다. 규현은 또 빼넬 리디스 미디어의 작가가 없는지 확인하기 위해 상현이 준 명단을 살피며 문학 왕국을 둘러보고 있었다. 그때 문이 열리는 소리가 들리고 고개를 들어 보니 형태가 주변 눈치를 살피며 조심스럽게 들어오고 있었다.

"누구……?"

먹는 남자는 형태에 대한 말을 전혀 전달받지 않았기 때문에 조금 당황한 것 같았다. 지석도 아직 전달받지 못한 건 마찬가지였지만 아무런 반응이 없었다. 관심이 자체가 없는 것 같았다.

"안녕하세요?"

"여기에 앉으시면 돼요."

형태가 작은 목소리로 인사했다. 의자에 앉아 있던 상현이 서둘러 일어나 그를 책상으로 안내했다. 형태가 의자에 앉자 상현이 입을 열었다.

"제이드라는 필명을 쓰고 있습니다. 잘 부탁드려요."

"네. 잘 부탁드립니다."

"노트북은 가져오셨죠? 없으시면 사무실에 있는 공용 노트북 쓰셔도 돼요."

상현이 손가락으로 가리킨 곳에 노트북 2대가 나란히 정렬되어 있었다. 노트북이 없는 사람을 위해 규현이 구입한 사무실 공용 노트북이었다.

"가지고 왔어요."

형태는 작은 목소리로 대답하며 가방에서 노트북을 꺼내 책상 위에 올렸다. 그리고 천천히 노트북을 열고 전원을 켰다.

"작업 중에 죄송한데, 잠시 주목해 주세요."

규현은 가볍게 손뼉을 치며 분위기를 환기시켰다. 열심히 노트북 키보드를 두드리던 손들이 멈추고 타자를 치는 소리가 사그라들었다. 주변이 조용해지자 규현은 형태에 대해 가볍게 소개했다. 그리고 형태에게도 가람의 소속 작가들을 소개해 주었다.

"잘 부탁드립니다."

"앞으로 잘 부탁해요."

화기애애한 분위기 속에서 서로의 소개가 끝났다. 분위기가 생각보다 좋자 형태도 어느 정도 자신감을 찾은 것인지 작았던 목소리가 조금 커졌다. 뒤늦게 출근한 현지는 형태에게 건성으로 인사를 한 후 자신의 자리에 앉아 노트북을 꺼냈다.

"몇 가지 지켜야 할 규칙이 있어요. 그건 상현이가 알려줄 거예요."

"상현 씨가 누구죠?"

형태의 질문에 규현은 깜빡하고 있던 사실을 떠올렸다. 형태는 가람 사무실에 출근 도장을 찍은 것이 처음이었기 때문에 상현이 제이드라는 것을 모르고 있었다.

"제가 상현이에요. 대표님만 저를 그렇게 부르고 있고 다들 서로를 필명으로 부르고 있어요."

"그렇군요."

상현의 말에 형태는 고개를 끄덕였다. 그런 그를 보며 상현은 규칙을 대충 설명해 주었다. 규칙이라고 해도 별거 없었다. 회의는 가능하면 참석하고 마감 시간을 꼭 지키는 것 정도였다. 한 차례 서로를 소개하는 시간이 시끄럽게 지나가자 모두가 입을 닫고 열심히 노트북 키보드를 두드리기 시작했다.

시간은 순식간에 흘러갔고 회의 시간이 되었다. 규현과 칠흑팔검은 회의 시간이 될 때까지 형태가 쓴 원고를 읽었지만, 도저히 인기를 끌 만한 소재가 아니었고 실제로도 스탯이 높게 나오지 않았다.

형태의 작가 스탯은 A급이었다. 그래서 규현은 그가 소재만 잘 잡으면 인기 있는 작품을 쓸 수 있을 것이라고 생각했다. 실제로 하얀 창공의 로케이스 이후의 작품 2개는 마이너한 소재를 써서 망한 경우였다.

"일단 인기 있는 소재를 써봅시다."

규현이 선언하듯 말했다. 이미 회의는 끝났지만 형태와 규현, 그리고 칠흑팔검은 회의실에 남아 있었다. 다른 작가들은 모두 퇴근했지만 두 사람은 오늘 안에 형태의 작품 프롤로그를 완성시키고자 했다. 둘은 사무실을 탈출하려는 그를 붙잡고 회의실 의자에 앉혀 놓은 뒤 노트북 하나를 앞에 놓은 채 교정을 시작했다.

칠흑팔검과 규현은 요즘 독자들에게 인기 있는 소재에 대해 아주 잘 아는 작가들이었다. 금방 인기 소재들을 찾아서 적절하게 섞어낼 수 있었다. 설정과 세계관이 완성되었고 형태가 짠 스토리에 살이 붙기 시작되었다.

"프롤로그 다 썼습니다."

"지금 확인할게요."

어둠이 찾아옴과 거의 동시에 형태가 프롤로그를 완성했다. 규현은 그에게 비밀글로 프롤로그를 올리라고 지시했고 형태는 규현의 지시에 따랐다.

"한번 읽어볼게요."

규현은 글을 읽기 위해 제목을 클릭하는 척하면서 스탯을 확인했다.

[검은 의도의 루시펠]

분류: 현대 판타지.

종합 등급: A.

30일 뒤 예상 24시간 구매 수: 약 15,000.

영웅들의 연이은 죽음과 괴수의 등장으로 지구가 멸망하고, 회귀한 주인공이 루시펠이라는 악마와 계약해서 죽을 예정인 영웅들을 구출하여 운명을 바꾼다는 내용이었다.

회귀와 역사 개변이라는 인기 소재를 접목시킨 현대 판타지 소설이었다. 인기 소재를 사용하니, 스탯은 높게 나왔다. 다만, B급을 예상했는데 예상외로 A급이라는 상당히 높은 등급이 나왔다. 구매 수는 15,000으로 A급 중에서는 최하위권이지만 이것은 후에 스토리와 원고 교정 등으로 수치를 올릴 수 있었다.

"문장도 매끄럽고 상당히 괜찮네요."

칠흑팔검도 형태를 칭찬했다. 형태의 작가 스탯은 A급이었지만 그는 하얀 창공의 로케이스부터 독자들 반응을 무시하고 쓰고 싶은 작품만 쓰는 고집이 있었다.

뒤늦게나마 형태도 인기 소재를 쓰려고 했다. 아마 규현이 조금만 더 늦었더라면 형태는 A급은 아니라도 최소 B급 정도 되는 스탯을 가진 작품을 하나 만들어냈을 것이다.

"박형태 작가님?"

"예, 대표님."

형태는 고개를 들었다. 불만이 조금 섞인 표정이었다. 절박한 마음에 현실과는 타협하긴 했지만 쓰고 싶은 게 아니라, 독자들이 보고 싶어 하는 작품을 쓴 것에 대한 불만이 조금 있는 것 같았다.

'아직 쓴맛을 덜 본 것 같네.'

그 모습을 보며 규현은 속으로 생각했다. 규현이 생각하기에 형태는 스스로 생각하고 있는 것만큼 절박하지 않았다.

"저는 별로 재미가 없는 것 같은데, 인기가 있을까요?"

형태가 말했다. 자기가 쓰고 싶은 게 아니었다. 거의 반쯤 억지로 쓴 작품이다. 그러니 본인이 읽었을 때 재밌을 리가 없었다. 하지만 독자들은 다를 것이다. 형태의 필력은 높은 작가 스탯을 가진 작가답게 좋은 편이었고 소재도 인기 있는 것이었으며 프롤로그에는 독자들이 선호하는 클리셰가 다수 포함되어 있었다.

"걱정 마시고 비축분 쌓고 연재를 시작하세요."

대한그룹 회장 이태식이 회사에 출근하기 무섭게 지은은 1층의 부엌으로 향했다. 부엌에는 가사도우미 두 명이 설거지를 하고 있었다. 그녀들을 보며 지은은 배시시 웃으며 입을 열었다.

"저 부엌 좀 빌려도 될까요?"

"물론입니다, 아가씨."

가사도우미에게 양해를 구한 뒤 지은이 부엌으로 들어왔다.

"김밥이 좋겠다."

혼잣말을 중얼거린 지은은 냉장고와 선반에서 김밥을 만드는 데 필요한 재료를 꺼내 올려놓았다. 그리고 전기밥솥에서 충분한 양의 밥을 퍼서 간을 맞추었다. 지은은 워낙 성격이 밝아서 피크닉도 혼자서 또는 친구들과 자주 가는 편이었고 그럴 때마다 김밥을 직접 만들었기 때문에 김밥 하나만큼은 자신 있었다.

"6명이라고 하셨던가? 아, 한 명 더 오셔서 7명이었지!"

그녀는 규현의 사무실에 있는 모두에게 김밥을 만들어 줄 생각이었다. 규현에게만 김밥을 주고 싶었지만 그러면 다른 사람들에게 미안했다. 물론 규현에게 줄 김밥만 직접 만들 것이고, 나머지는 가사 도우미 아줌마들이 만드는 것을 도와줄 예정이었다.

"설거지 끝나는 대로 도와드리겠습니다."

지은이 사정을 설명하자 가사 도우미들은 흔쾌히 고개를 끄덕이며 도움을 약속했다. 지은은 들뜬 마음으로 김밥에 들어갈 재료들을 가볍게 볶기 시작했다. 재료가 많아서 볶는 것에 시간이 제법 걸렸다.

재료를 다 볶고 나서 보니 가사 도우미 두 명이 설거지를 끝내고 조용히 대기하고 있었다. 지은은 그녀들에게 6인분의 김밥, 12줄을 만들어달라고 부탁한 뒤 규현에게 줄 김밥을 직접 만들기 시작했다.

*   *   *

─내일 아침이면 제국 공격기가 정상적으로 등록될 겁니다.

"네. 감사합니다. 수고하세요."

─네. 들어가세요.

제국 공격기 등록 문제로 북페이지 직원과 전화 통화를 끝낸 규현은 스마트폰을 주머니에 집어넣었다. 더운 날씨 탓에 이마에 흐르는 땀을 손수건으로 닦아냈다.

"벌써 8월인가."

벌써 8월이 되었다. 규현의 리턴 엠페러와 형태의 검은 의도의 루시펠은 여러 번의 연참을 거듭하여 분량을 확보하기 무섭게 유료 연재로 넘어갔고 상당히 좋은 성적을 거둘 수 있었다. 유료 연재 진입과 함께 규현은 4위를 유지했고 형태는 5위를 유지했다.

좋은 소식은 이것뿐만이 아니었다. 지석과 먹는 남자가 리디스 미디어의 견제를 완전히 박살 내고 각각 14위와 17위에서 자리를 지키고 있었다. 유감스럽게도 상현은 견제를 떨쳐 내지 못했다. 사실 그는 처음부터 베스트 20위 안에 들어가지 못했으니까 그렇게 손해가 크지 않았다.

리디스 미디어의 작가들 중에서 가장 순위가 높은 작가는 상진으로 13위였다. 나머지는 그 밑에서 시간대별로 릴레이하듯이 순위를 넘겨받으면서 사이좋게 놀고 있었다. 더 이상 리디스 미디어에선 지석을 견제할 수 없었다.

그들이 마음만 먹으면 먹는 남자 정도는 견제할 수 있겠지만 그렇게 하려면 베스트 지수가 상대적으로 높은 작품의 시간대를 바꿔야 하는데, 그러면 기존에 먹는 남자와 비슷한 시간에서 연재하고 있는 리디스 미디어의 작가들이 피해를 보게 된다.

연재 시간을 계속해서 바꾸는 것도 한계가 있기 때문에 리디스 미디어는 우선 견제를 중단했지만 규현은 리턴 엠페러를 계속해서 연재하면서 상진에게 피해를 조금씩 입히고 있었다.

　퐁삽: 이거 리턴 엠페러랑 완전 똑같다니깐요. 누가 표절 작가 아니랄까 봐 하는 것 좀 보세요!

　리스본 앞바다: 퐁삽 님 말은 다소 과장이 있지만 두 작품이 비슷한 건 맞는 것 같습니다.

　리턴 황제: 리턴 엠페러보다 필리어스의 혈향이 먼저 연재 시작했거든요!

　빵돌이: 이분 최소 기사 이야기 1부 모르는 분.

　리턴 황제: 아몰랑! 장르 소설이 서로 비슷할 수도 있잖아!

　규현은 그 무엇도 하지 않고 침묵했다. 그 침묵을 공격 명령으로 받아들인 규현의 독자들은 상진을 맹비난했다. 퐁삽은 오랜만에 악플을 마음껏 달 수 있는 상대가 생겨서 신나는 듯했다.

　물론 상진의 독자들도 가만히 있지 않았다. 그들도 리턴 엠페러에 난입해 악플을 달았다. 하지만 선봉으로 나선 상진의 독자들이 규현의 독자들에게 집중 공격을 당하고, 그 모습이 캡처되어 문학 왕국 커뮤니티에 올라가서 공개 처형까지 당하는 모습을 보이자 쉽게 나서지 못했다.

　유감스럽게도 리턴 엠페러를 굳이 찾아가서 댓글을 남길

정도의 광팬들이 과거에 비해 많이 줄어 있었다. 그리고 무엇보다 상진의 독자들이 마구 공격하기엔 규현은 이미 너무 커져 있었다. 더 이상 이상진이라는 그늘이 그들을 지켜줄 수 없었다.

상진은 그저 평범한(?) 1세대 작가에 불과했지만 규현은 지금 기사 이야기가 나이버 웹툰으로 승승장구하면서 사인회까지 한 유명 작가가 되어 있었다. 이미 웹툰 기사 이야기는 월요일 웹툰 1위였고, 사실상 국민 웹툰이었다. 그 영향을 기사 이야기도 받으면서 북페이지 6위에 등극할 수 있었다.

'아직 협상하자는 말이 없군.'

지석과 먹는 남자를 견제했던 작가들과 상진이 역풍을 맞으면서 리디스 미디어는 분명 큰 타격을 입었을 것이다. 슬슬 협상하자는 말이 나올 법도 했지만 자존심이 센 것인지, 아무런 말이 없었다.

"알아서 하겠지."

규현은 혼잣말을 중얼거리며 승강기를 타고 사무실이 있는 2층으로 내려갔다. 사무실 문을 열고 들어가자 소속 작가들이 글 공장처럼 글을 쓰고 있었다. 특히 칠흑팔검이 가장 열심히 글을 쓰고 있었다.

"칠흑팔검 작가님, 신작의 반응은 좀 어때요?"

규현이 살짝 물었다. 칠흑팔검은 최근 칠흑마검기를 완결하고 칠흑혈마라는 신작을 연재 중이었다.

"선작이 좀처럼 안 붙네요. 조금 걱정입니다."

"다 잘될 겁니다."

칠흑팔검은 걱정이 많은 듯했지만 규현은 여유로운 얼굴로 전부 잘될 것이라고 말해주었다. 칠흑혈마의 스탯을 보았기 때문이었다. 칠흑혈마의 작품 스탯은 A급. 예상 구매 수는 최신화를 올릴 때마다 변했으나 16,000에서 18,000 사이를 유지하고 있었다.

"슬슬 점심시간이네요. 오늘은 뭐가 좋을까요."

"짜장면이요."

"무난하게 백반이 어떨까 싶습니다."

슬슬 점심 메뉴를 정해야 할 시간이 다가왔다. 열심히 노트북 키보드를 두드리던 사람들이 손을 멈추고 하나둘씩 의견을 냈다. 백반과 짜장면 등의 다양한 메뉴가 나왔다. 결국 결정은 규현의 몫이었다.

그가 결정을 내리기 위해 자신의 책상 주변을 서성이고 있을 때 얼마 전에 설치한 초인종을 누군가 눌렀다.

"제가 나가볼게요."

맑은 초인종 소리가 울리자 상현이 일어나 문을 열어주었다. 문이 열리고 지은의 모습이 드러났다. 그녀는 양손에 커다란 도시락 통을 들고 있었다. 규현은 점심 메뉴를 고민하고 있었기 때문에 지은의 모습을 미처 보지 못했다.

"어떻게 오셨나요?"

"규현 오빠 만나러 왔어요."

"일단 들어오세요."

상현의 물음에 지은이 대답과 함께 웃음소리를 흘렸다. 규현의 이름이 언급되었기 때문에 상현은 우선 길을 열어주었다.

"감사합니다."

'규현 오빠라고?'

지은은 고개를 살짝 숙이는 것으로 감사 인사를 한 뒤 사무실 안으로 들어왔다. 그런 그녀를 보며 현지는 두 눈을 날카롭게 빛냈다.

"네가 여긴 웬일이야?"

규현은 조금 놀란 기색이었다. 사무실 위치를 알려주긴 했지만 진짜로 찾아올 줄은 몰랐다.

"사무실에서 매일 점심 해결하신다고 하셨잖아요. 그러면 시켜 먹거나 근처 식당에서 대충 해결할 것 같아서 도시락을 준비해 왔어요."

"정말 고마워."

규현이 밝아진 얼굴로 감사를 표했다. 그동안 사무실에서 매일 점심을 해결하다 보니 근처 식당에 가거나 배달 음식을 시키는 수밖에 없었다. 이미 근처의 배달 음식과 식당은 질리기 시작했기 때문에 지은의 도시락은 정말 반가웠다.

"저희 건 없습니까?"

칠흑팔검이 장난스럽게 물었다. 지은은 미소를 지었다.

"당연히 있어요. 여기요."

칠흑팔검은 지은이 건넨 도시락 통을 모두에게 나누어 주었다. 모두 지은에게 감사 인사를 하며 도시락을 받았다. 규현은 책상에 앉아 도시락을 열었다. 안에는 직접 싼 것으로 보이는 김밥이 가득 차 있었다.

"하하하. 고마워. 잘 먹을게."

김밥은 근처의 김밥 왕국에서 많이 먹었기 때문에 조금 물린 감이 없잖아 있었지만 규현은 지은이 실망하지 않도록 표정을 관리했다.

"죄송해요. 제가 잘하는 건 김밥밖에 없어서."

아주 잠깐 동안 굳어 있었던 규현의 얼굴 표정을 보고 말았는지 지은은 어색한 미소를 지으며 볼을 손가락으로 긁적였다.

"아냐, 맛있어. 진짜야."

규현은 김밥을 집어 먹었다. 생각했던 것보다 맛있었다. 규현의 말에 지은의 표정도 밝아졌다. 규현은 사무실 사람들에게 지은을 소개했다. 그리고 다들 김밥을 먹기 시작했다. 지은은 회의실에서 의자를 하나 가지고 와서 규현의 옆에 놓고 앉아 김밥을 나눠 먹었다. 그리고 그 모습을 현지는 이를 살짝 악물고 노려보았다.

"티미 작가님, 김밥 싫어하세요?"

"신경 쓰지 마세요."

현지의 표정이 좋을 리가 없었다. 먹는 남자가 걱정스럽게 물었지만 현지의 반응은 싸늘했다. 처음 보는 여자가 여우처럼 규현의 옆에 붙어서 아양을 떠는 게 그녀는 보기 싫었다. 두 눈을 가늘게 뜨고 지은을 노려보았다. 그녀의 시선을 느낀 것인지 지은의 시선이 현지에게 향했다. 두 사람은 서로의 시선을 피하지 않았다. 보이지 않는 전쟁이 벌어졌는지도 모르고 모두 도시락을 비웠다.

"저는 이만 가볼게요."

"안녕히 가세요."

지은은 미소를 지은 채 빈 도시락 통들을 들고 사무실을 나섰다. 그 모습을 본 현지의 두 눈이 반짝였다. 그녀는 노트북을 가방에 집어넣으며 의자에서 일어났다.

"오빠! 저 오늘 일찍 퇴근할게요!"

"아, 그렇게 해."

현지의 말에 규현이 대답했으나, 이미 그녀는 사무실 안에 없었다. 사무실을 나온 현지는 승강기를 향해 뛰었다. 운동

화를 신고 있었기 때문에 뛸 수 있었다. 그녀는 계단을 통해 1층으로 내려갔다. 도로를 향해 나가고 있는 지은의 뒤를 따라잡을 수 있었다.

"저기요!"

자신을 부르는 듯한 날카로운 외침에 지은은 몸을 돌려 소리가 들린 방향으로 향했다. 그곳엔 현지가 거친 숨을 고르고 있었다.

"저기, 무슨 일이세요?"

"오빠랑 무슨 사이예요?"

현지의 날카로운 목소리에 지은은 조금 당황한 기색이었다. 그 모습에 현지는 입꼬리를 끌어 올렸다.

"오빠랑 무슨 사이냐고 물었잖아요."

지은은 당황한 것도 잠시, 정신을 가다듬고 차가운 표정으로 두 눈을 가늘게 뜨고 현지를 보았다.

"그러는 작가님은 오빠랑 무슨 사이시죠?"

지은의 물음에 현지는 순간 할 말을 잃고 말았다. 그녀는 규현에게 있어서 동료 작가에 불과했다. 지은에게 이런 말을 할 입장은 아니었던 것이다.

"제, 제가 먼저 물었잖아요!"

현지는 할 말이 없었기 때문에 그녀의 언성이 높아졌다. 그 모습을 본 지은이 천천히 입을 열었다.

"오빠는 여자 친구가 없다고 들었어요. 제가 오빠랑 무슨 사이인지 작가님에게 말할 의무는 없다고 생각해요. 그리고 바쁘니까 먼저 가볼게요."

지은은 몸을 돌려 도로를 향했다. 그러면서 고개를 살짝 돌려 현지를 보며 입을 열었다.

"그리고 작가님이 이러는 거 오빠가 알아요? 알면 싫어할 텐데."

지은의 말이 날카롭고 차가운 비수가 되어 현지의 가슴을 파고들었다. 그녀가 정신을 차렸을 때 지은은 이미 멀어지고 난 뒤였다.

『작가 정규현』3권에 계속…

초대형 24시 만화방

신간 100%, 샤워실, 흡연실, 수면실(침대석), 커플석, 세탁기 완비

■ 광명 광명사거리역점 ■

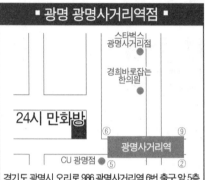

경기도 광명시 오리로 986 광명사거리역 6번 출구 앞 5층
02) 2625-9940 (솔목타워 5층)

■ 강북 노원역점 ■

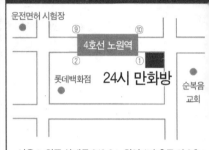

서울 노원구 상계동 340-6 노원역 1번 출구 앞 3층
02) 951-8324 (화용빌딩 3층)

■ 일산 정발산역점 ■

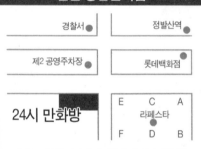

라페스타 E동 건너편 먹자골목 내 객잔건물 5층
031) 914-1957

■ 일산 화정역점 ■

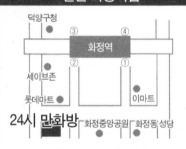

경기도 고양시 덕양구 화정동 984번지 서일빌딩 7층
031) 979-4874 (서일사우나 건물 7층)

■ 부천 역곡역점 ■

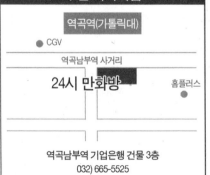

역곡남부역 기업은행 건물 3층
032) 665-5525

■ 부평역점 ■

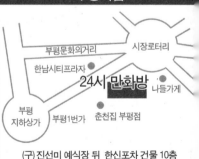

(구) 진선미 예식장 뒤 한신포차 건물 10층
032) 522-2871

이경영 판타지 장편소설

FANTASY FRONTIER SPIRIT

그라니트

용들의 땅

GRANITE

사고로 위장된 사건에 의해 동료를 모두 잃고 서로를 만나게 된 '치프'와 '데스디아'.
사건의 이면에 상식을 벗어난 음모가 있음을 알게 된 둘은
동료들의 죽음을 가슴에 새긴 채 각자의 고향으로 돌아간다.
2년 후, 뜻하지 않게 다시 만난 두 사람은 동료들의 복수를 위해
개척용역회사 '그라니트 용역'을 설립해 다시금 그 땅을 찾게 되는데……

용들이 지배하는 땅 그라니트!
그곳에서 펼쳐지는 고대로부터 이어지는 운명적 만남,
깊어지는 오해, 그리고 채워지는 상처.

『가즈 나이트』시리즈 이경영 작가의 미래형 판타지 신작!

Book Publishing CHUNGEORAM

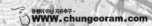
유행이 아닌 자유추구
WWW.chungeoram.com

FUSION FANTASTIC STORY

요람 장편소설

전장의 저격수

사회 부적응자이자 아웃사이더인 석영은
게임을 하다 지구의 종말을 맞이한다.

episode1:
잠에서 깬 용사의 시대를 시작하시겠습니까?
Y/N

하지만 깨어나 보니 세상은 멸망하지 않았다.
아니, 현실 같은 게임 속 세상이 펼쳐져 있었다!

현실보다 더 험난한 '리얼 라니아(real RAnia)'.
과연 석영은 살아남을 수 있을 것인가.

이제, 리얼 라니아의 전설이 시작된다!

Book Publishing CHUNGEORAM

FUSION FANTASTIC

박골 장편소설

내 손끝의 탑스타

그의 손이 닿으면 모두 탑스타가 된다?!

우연히 10년 전으로 회귀한 매니저 김현우.
그리고 그의 눈앞에 나타난 황금빛 스타!

그는 뛰어난 처세술과 냉철한 판단력으로
다사다난한 연예계를 돌파해 나가는데……

돈도, 힘도, 빽도 없지만 우리에겐 능력이 있다!

**김현우와 어울림 엔터테인먼트의
통쾌한 성공기가 지금부터 시작된다!**

Book Publishing CHUNGEORAM

유행이 아닌 자유추구 -
WWW. chungeoram.com